es. ˌ ...g. ...p.....c ouvragc
publié chez
VLB ÉDITEUR.

Direction littéraire : Annie Goulet
Coordination éditoriale : Ariane Caron-Lacoste
Image en couverture : Untitled (oil pastel and china ink on paper), Gaillard,
    Didier/Private Collection/Bridgeman Images
Correction d'épreuves : Julie Robert

Catalogage avant publication de Bibliothèque et Archives nationales du Québec
et de Bibliothèque et Archives Canada
Farhoud, Abla, 1945-
    Au Grand Soleil cachez vos filles
    ISBN 978-2-89649-741-6
    I. Titre.
PS8561.A687A9 2017   C843'.54   C2017-940183-1
PS9561.A687A9 2017

VLB ÉDITEUR
Groupe Ville-Marie Littérature inc.★
Une société de Québecor Média
1055, boulevard René-Lévesque Est
Bureau 300
Montréal (Québec) H2L 4S5
Tél.: 514 523-7993
Téléc.: 514 282-7530
Courriel : vml@groupevml.com
Vice-président à l'édition : Martin Balthazar

DISTRIBUTEUR :
Les Messageries ADP inc.★
2315, rue de la Province
Longueuil (Québec) J4G 1G4
Tél.: 450 640-1234
Téléc.: 450 674-6237
★ filiale du Groupe Sogides inc.,
    filiale de Québecor Média inc.

VLB éditeur bénéficie du soutien de la Société de développement des entreprises
culturelles du Québec (SODEC) pour son programme d'édition.
Gouvernement du Québec – Programme de crédit d'impôt pour l'édition de
livres – Gestion SODEC.

Financé par le
gouvernement
du Canada

Nous remercions le Conseil des arts du Canada de l'aide accordée à notre
programme de publication.

Dépôt légal : 2e trimestre 2017
©VLB éditeur, 2017
Tous droits réservés pour tous pays
edvlb.com

AU GRAND SOLEIL
CACHEZ VOS FILLES

De la même auteure

THÉÂTRE

Les filles du 5-10-15 ¢, théâtre, Carnières, Lansman, 1993 (prix Arletty, France, 1993).
Quand j'étais grande, théâtre, Solignac, Le bruit des autres, 1994.
Jeux de patience, théâtre, Montréal, VLB éditeur, coll. « Théâtre », 1997.
Quand le vautour danse, théâtre, Carnières, Lansman, 1997.
Maudite machine, théâtre, Trois-Pistoles, Éditions Trois-Pistoles, 1999.
Les rues de l'alligator, théâtre, Montréal, VLB éditeur, 2003.

ROMAN

Le bonheur a la queue glissante, roman, Montréal, l'Hexagone, coll. « Fictions », 1998 (prix France-Québec – Philippe Rossillon) ; Montréal, Typo, 2004.
Splendide solitude, roman, Montréal, l'Hexagone, coll. « Fictions », 2001.
Le fou d'Omar, Montréal, VLB éditeur, coll. « Fictions », 2005 (Prix du roman francophone, France, 2006).
Le sourire de la petite juive, Montréal, VLB éditeur, 2011 ; Typo, 2013.
Toutes celles que j'étais, Montréal, VLB éditeur, 2015.

AU GRAND SOLEIL
CACHEZ VOS FILLES

Abla Farhoud

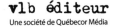
Une société de Québecor Média

Mais, comme on sait, l'imagination remplace tout ce que la mémoire rejette, et on ne saurait blâmer personne pour cette seule raison.

João Tordo
Lisbonne Mélodies

[…] De ces sensations trop intenses pour que le plaisir se détache de la douleur.

Nathalie Azoulai
Titus n'aimait pas Bérénice

1

Youssef, le cousin de la famille Abdelnour

C'est à Sin el Fil que les Abdelnour ont débarqué, Sin el Fil, un quartier du sud-est de Beyrouth grouillant de vie, plein de soleil, de poussière, de bruits, de cris dès l'aube, en arabe en français en arménien ; jupes courtes, foulards islamiques, druzes ou à la Brigitte Bardot, tarbouchs, jeans, djellabas, l'uniformité, ce n'est pas à Sin el Fil qu'on la trouve, ici rien n'est lisse ni propret, tout est mouvant, disparate, tout bouge et change, c'est ondulé, c'est crevassé, aucune ligne droite sauf les murs des immeubles, et encore... Certaines pierres manquent, très peu, puisque tout tient, que rien ne s'effondre, pour le moment ; des automobiles cabossées ou rutilantes roulant à toute vitesse, des chariots poussés par des vendeurs ambulants chantant leurs produits à pleins poumons, une ritournelle pour chaque légume, chaque fruit, petit poème pour la casserole à vendre et un plus beau encore pour le couteau ; des brouettes s'arrêtent n'importe où, sans discernement, le client est roi, et c'est devant lui qu'on s'incline.

Sin el Fil, c'est notre village renouvelé, notre village en ville, avec tous les défauts de notre montagne adorée et toutes les qualités de la ville que nous aimons. Presque tous mes anciens voisins à Mar-Jérios sont mes voisins à Sin el Fil, avec quantité d'autres gens intercalés. C'est dans ce quartier populeux et tumultueux que quatre petits-cousins et leur mère venus de Montréal Québec Canada ont déposé leurs valises, il y a deux ans déjà. «Youssef, qu'est-ce que ça veut dire, "Sin el Fil", m'a demandé Soraya, peu de temps après son arrivée.

— "Dent de l'éléphant".»

Elle a ri. «J'aime beaucoup les éléphants. "Éléphant", est-ce que c'est *sin* ou *fil*?

— C'est *fiil*, ai-je dit en allongeant la voyelle comme il se doit. *Sin*, ça veut dire "dent".»

Je ne sais pas si c'est à cause de la dent ou de l'éléphant, mais peu importe, la petite, vive et intelligente pour ses dix ans, a commencé à aimer son quartier, et elle a même pris l'habitude de venir après l'école pour m'aider dans mon magasin.

Sin el Fil, des bâtisses de cinq ou six étages tassées les unes sur les autres, un balcon pour chaque appartement, avec deux ou trois boîtes de lait en poudre en fer-blanc recyclées contenant les mêmes géraniums odorants, chaque voisine donnant à la sienne une bouture, qui vivrait même au Sahara, tant elle n'a besoin de rien pour s'épanouir. C'est en pensant à sa montagne chérie que le citoyen de Sin el Fil ébouriffe la plante comme on caresse la tête d'un enfant et porte sa main à son nez, la hume, et expire, ravi. Il ne peut s'empêcher de passer sa paume sous le nez de la personne à côté de lui, qui n'a rien demandé, en disant *shom, shom,* hume, hume, ça ouvre le cœur, non ? Ô exquise odeur citronnée dont on ne se lasse jamais !

Au rez-de-chaussée de chaque immeuble, l'inévitable cordonnier, serrurier, chaudronnier, et l'attirant comptoir où l'on peut boire un jus de carotte ou de canne à sucre frais avant de passer à l'autre bicoque juste à côté pour engloutir un sandwich ou deux ; magasins, boutiques, épiceries où l'on peut à peine se tenir debout sans risquer d'être assommé par un quelconque balai, panier en osier, jarre en terre cuite ou boîte de conserve.

C'est dans un de ces réduits que je tiens un magasin, au plafond très haut, mais de la largeur d'une simple porte en fer, que je tire chaque soir et déroule chaque matin sans exception. Quand je ne suis pas là, ma femme y est. Pas de congé pour les petits commerçants, car comme on dit entre voisins : quand le chrétien prie, le musulman achète, et vice-versa ; le druze n'a plus d'argent, le maronite lui a tout raflé, l'orthodoxe lui en prêtera, la chamaillerie recommencera et le marchand encaissera. Le rire suit, sinon Sin el Fil ne serait pas Sin el Fil.

À Sin el Fil, les trottoirs sont tellement bourrés de marchandises et de gens qu'on ne voit pas où commence la rue ni si le trottoir existe. Des taxis-service klaxonnent à longueur de journée, se dépassent comme s'il y avait de la place, s'arrêtent sur un clin d'œil, une main levée ou un froncement de sourcils du client, et je n'ai jamais compris comment les chauffeurs font pour voir ces signes ou entendre «service» dans ce chaos. Les clients s'entassent les uns sur les autres, quand d'après la loi (mais qui parle de loi ici) le taxi-service ne peut prendre que cinq passagers. On fera attention à ne pas trop coincer la gent féminine. On préférera la placer côté portière, jamais entre deux hommes. Si elle a de la chance, une femme pourra s'asseoir en avant avec le chauffeur, qui ne prendra personne d'autre si elle est jeune et belle. Et l'homme qui hélait un taxi-service attendra le prochain, avec entre les lèvres un «con de ta mère» assuré et autres variations sur le même thème.

Enfin un taxi-service! «Qu'Allah protège tes enfants, dit le chauffeur, ça ne sera pas long, parole, j'arrive», et il sort, laissant les passagers interdits, ne sachant pas s'ils doivent l'attendre ou prendre un autre service. Une bouteille de Coca-Cola à la main, le chauffeur revient et décolle en trombe, manquant d'écrabouiller le badaud assis à même le sol en train de déguster son sandwich aux falafels.

À travers ce chahut, cette cohue, ce chaos, que l'on appelle ici *fawda*, énonçant le caractère fondamental de notre pays en général et de Sin el Fil en particulier, les gens rigolent, se querellent, s'amusent, crient, vendent, achètent, se font des courbettes, des crocs-en-jambe, s'injurient, rient, s'encensent, se mentent, et implorent Dieu. Qu'il soit chiite, sunnite, maronite, catholique, orthodoxe, melkite, druze, juif ou de la vingtaine de confessions reconnues par la constitution et représentées au prorata dans la fonction publique, le Libanais, citadin ou montagnard, pauvre ou riche, implore Dieu et les saints et Mohammad et Jésus et Marie à longueur de journée. Allah, toutes confessions confondues, est interpellé des milliers de fois par jour par quiconque est en âge de parler. Chez les poltrons, *kiss émmak*, con de ta mère, et toutes ses nuances suivent de près et montent en flèche à mesure que la journée avance, se hissent jusqu'au sommet, tout près du nom de Dieu, et pas seulement chez les mal élevés.

Sin el Fil est surtout une rue marchande qui s'allonge entre Borg Hammoud – qui regorge de chiites pauvres et d'Arméniens exilés – et Horsh Tabet – un nouveau quartier pour la classe moyenne. J'ai dit à la femme de mon cousin que ces nouveaux appartements seraient parfaits pour la famille quand celle-ci serait complète et qu'il faudrait aller s'inscrire. «Je vais attendre que mon mari arrive, m'a dit Imm Adib, et puis non, tu as raison Youssef, je vais prendre Soraya et Rosy avec moi et j'irai faire un tour. Même si ce n'est pas loin, je devrai prendre un taxi. J'avoue que les trottoirs montréalais me manquent.»

Si Beyrouth est pollué et bruyant, Sin el Fil l'est doublement. Le mouchoir blanc et bien repassé le matin par ma femme ou ma mère devient noir et trempé de sueur en une heure. Et ce n'est pas mon comptoir que j'essuie, mais mon front.

Mes petits-cousins et leur mère ont rué dans les brancards en arrivant. Il fallait s'y attendre. Ils avaient chaud, c'est certain, et leurs oreilles habituées à Montréal et ses environs en ont pris un coup sur le tympan. On leur disait : vous allez vous habituer, vous verrez.

Ils se sont habitués à tout sauf à l'exiguïté des appartements.

En débarquant du bateau, il y a un peu moins de deux ans, ils sont d'abord descendus chez nous. Je vis avec ma femme, mes deux fillettes, ma mère et mon frère. Avec les cinq Abdelnour qui venaient d'arriver, trois adultes et deux enfants, ça faisait beaucoup. « Mais voyons, Youssef, mon fils, ce sont les enfants du fils de mon frère – qu'il soit béni et repose en paix –, ils sont les seuls descendants de mon frère mort dans la fleur de l'âge, leur place est dans mon cœur. » Ç'aurait été impossible qu'ils descendent ailleurs sans blesser ma mère, leur grand-tante, celle qui les a aimés par-delà les océans, qui les attendait depuis des jours, avec une joie et une fébrilité qui l'empêchaient de dormir.

Très vite, comme par une grâce divine ou une veine de pendu, un appartement dans l'immeuble voisin s'est libéré, ce qui arrive à peine tous les dix ans à Sin el Fil. Une pancarte *Appartement à louer* accrochée à la porte, ça n'existe pas ici. J'apprécie d'autant plus ma boutique quand elle me sert de haut-parleur ou de perron d'église. *Nouchkor Allah.*

Nos nouveaux venus habitaient au cinquième étage d'un immeuble tenu par un concierge négligent et des locataires manquant de civisme. Ce qui me surprend toujours au Liban, où j'ai vécu toute ma vie, à l'exception d'une année passée au Canada, c'est l'irrespect et le manque de savoir-vivre de mes concitoyens. Je ne comprends pas comment des gens propres sur eux, avec des intérieurs si étincelants qu'on pourrait manger sur les dalles de leur cuisine, peuvent jeter sans gêne aucune tout ce qui ne les intéresse plus dans l'escalier, le hall d'entrée et même par-dessus le balcon, au risque d'assommer les passants.

Pendant l'année que j'ai passée à Montréal et les environs, j'ai vu la différence entre les usages... d'ici jusqu'au ciel.

L'appartement des cousins n'était pas plus grand qu'un dé à coudre et l'ascenseur, toujours en panne, mais c'était mieux que de s'entasser chez nous. Ma mère grimpait l'escalier comme une jeune fille pour aller les embrasser encore et encore. C'est fou comme l'amour se transmet sans paroles, et même si les deux petites et peut-être même les deux grands ne comprenaient pas vraiment le lien qui les unissait à ma mère, ils répondaient à son amour avec ardeur. Ils l'aimaient par osmose.

Leur adaptation ne s'est pas faite sans peine. Pour eux, c'était un nouveau pays. La langue, les coutumes, tout. Il fallait tout réapprendre. Leur mère leur répétait : on est là, les enfants, on ne va pas s'en retourner, pas maintenant en tout cas, arrêtez de vous plaindre, on va s'habituer.

La plus comique, c'était la petite Soraya. En débarquant, elle voulait repartir, remonter tout de suite sur le bateau. La chaleur, l'odeur de poisson pourri, la sueur qui émanait des portefaix, le vacarme incessant, les cris. La petite arrivait à peine à respirer. Elle avait tant aimé ces quinze jours de rêve dans le paquebot, un terrain de jeu inimaginable, vaste et beau. Le choc était violent. Je comprenais très bien. Moi aussi j'avais pris le bateau en revenant du Canada. Descendre au port de Beyrouth, l'été, c'était proche de tomber en enfer.

Daoud et Faïzah ne disaient rien, mais n'en pensaient pas moins, ils se pinçaient le nez, s'essuyaient le front. À seize et vingt ans, ils étaient plus raisonnables que Soraya, ils savaient que le port était un passage obligé, qu'on allait arriver en quelque endroit plus accueillant. Ils espéraient seulement que leur père ne leur avait pas menti sur la beauté du Liban et tout le reste. Un peu exagéré, mais pas menti. Sans aucun doute, mon cousin ne leur avait jamais parlé du port de Beyrouth.

Mon frère était venu avec moi pour les recevoir, pour les délivrer. Seuls, ils y seraient encore. J'ai trouvé un taxi, je les ai fait monter et j'ai crié au chauffeur de décoller au plus vite. Il ne demandait pas mieux, le pauvre, s'il n'avait pas eu besoin d'argent, il ne se serait jamais aventuré dans cette géhenne. Mon frère s'est occupé des valises, mais nous étions déjà loin.

Presque deux ans après l'épisode du bateau, je suis sur le chemin de l'aéroport pour accueillir les deux autres petits-cousins qui arrivent aujourd'hui. Leur père arrivera plus tard. On a de la chance, Adib et Ikram ne sont pas venus en bateau. Eh oui, je les imagine déjà en train de se plaindre de la chaleur, de la poussière, du bruit et de l'appartement trop petit. Mais peut-être que les retrouvailles, le plaisir de se revoir après deux années de séparation leur feront oublier l'exiguïté des lieux et tout le reste.

Faïzah, leur sœur, est là avec moi. Pas besoin de la regarder longtemps pour voir qu'elle s'est adaptée. Complètement. Elle parlait peu l'arabe il y a deux ans. Il lui reste à peine un petit accent, que les gens d'ici aiment bien.

Ikram, elle avait une dizaine d'années quand je suis allé vivre chez eux au Canada, elle a maintenant la vingtaine. Elle aimait beaucoup les histoires que je racontais et elle en voulait toujours plus. Un jour, elle m'a mis un texte dans les mains et m'a demandé de lui donner la réplique. On a beaucoup ri. Elle était passionnée de théâtre, et Faïzah m'a dit que sa sœur a continué dans cette voie et qu'elle a même eu plusieurs rôles à la télévision canadienne. J'espère qu'elle ne sera pas trop déçue de notre télévision.

Adib, l'aîné, j'ai hâte de le revoir tout autant que j'appréhende ce moment. En 1958, il était venu pour étudier à l'Université américaine de Beyrouth et il était reparti en catastrophe avant la fin de l'année scolaire.

Le dernier mois s'était très mal passé pour lui, et pour nous par conséquent. Je me sens coupable, même si je ne sais pas ce que j'aurais pu faire. Le revirement soudain de son caractère a été un mystère pour nous, cela a dépassé notre entendement – à ma mère, qui adorait Adib, et à moi aussi, qui l'aimais comme mon petit frère. L'agneau doux et réservé s'était métamorphosé en un lion arrogant qui ne tenait plus en place, avec mille idées qu'il nous jetait à la figure. De tendre et discret, il était devenu flamboyant et intraitable. Jusqu'au dénouement : un long séjour à l'hôpital, puis l'avion vers Montréal. Ce beau jeune homme n'était plus qu'un gant qu'on avait retourné à l'envers, une loque humaine muselée, méconnaissable, et ma mère et moi étions impuissants, ignorants et malheureux. Aujourd'hui encore, sept années après ces événements, je ne comprends toujours pas. Tant de choses nous dépassent.

Adib est un garçon plein de cœur et d'intelligence. J'ai passé des soirées entières à parler avec lui, à rire aussi, il a un savoir incroyable et un humour sur la vie, on aurait dit un vieillard qui en a vu de toutes les couleurs et qui est revenu de tout. Qu'est-ce qui était arrivé pour que tout bascule ?

J'ai une dette envers lui, envers son père, qui me l'avait confié. Il me semble que je n'en ai pas pris soin comme il aurait fallu, pas assez, en tout cas.

2

Faïzah, fille aînée de la famille Abdelnour

J'ai dit à Youssef : tu as beaucoup de travail, mon cousin, je vais aller seule chercher mon frère et ma sœur, je connais le pays maintenant, et celui qui va me manger la tête n'est pas encore né ! Il m'a répondu : je vois que nos expressions typiquement beyrouthines ne te sont plus étrangères, ma cousine. Bien sûr que je viens ! J'ai accueilli et raccompagné ton père venu en visite et ton frère, et puis vous cinq, au port de Beyrouth. Tu crois vraiment que je te laisserais aller seule à l'aéroport ?!

Je savais qu'il m'accompagnerait. Mon petit-cousin Youssef, c'est plus qu'un cousin, c'est un frère qui aurait l'âge et la générosité d'un père.

On dirait que le taxi n'avance pas, ou bien c'est moi qui suis trop excitée. Ikram et Adib, ça fait deux ans que je ne les ai pas vus, et j'ai hâte. Mon père viendra bientôt, alors nous serons tous réunis comme avant, mieux qu'avant, puisque le Liban est notre pays.

J'ai bien peur qu'ils se plaignent et critiquent tout comme nous l'avons fait, notre appartement est minuscule, nous vivons déjà les uns sur les autres avec ma mère, mon frère et mes deux petites sœurs. Mon Dieu, il faut que je trouve quelque chose avant que papa arrive. Une maison au bord de la mer, ce serait idéal.

J'ai commencé à en parler au travail et autour de moi. J'ai aussi dit à Youssef de faire de même avec ses clients. Je crois que je demanderai au jeune voisin de venir faire un tour avec moi sur le littoral du côté de Jounieh. Comme il est fou de moi, ce ne sera pas difficile de le convaincre. On descendra dans chaque village et on parlera avec les gens. C'est sûr que quelqu'un nous trouvera quelque chose de bien. Ils sont comme ça, les Libanais, très serviables, très généreux, et je ne parle pas seulement du jeune prétendant à qui j'ai dit mille fois que je n'étais pas intéressée et qui pourtant rapplique et ne demande qu'à être mon chevalier servant sans rien exiger en retour. Je le trouve sympathique, et il a une auto. Je ne dirai pas à ma mère que je vais me balader seule avec lui la journée de dimanche et jusque tard. Les gens vont parler, elle s'inquiétera pour moi. Mais voyons, maman, les gens parlent quand tu leur donnes l'occasion de parler, quand ils flairent quelque chose de croustillant, mais comme mon soupirant est discret et connaît toutes les combines pour passer inaperçu et protéger la réputation d'une fille de bonne famille, rien ne se saura. Je lui donnerai un lieu de rendez-vous près de la maison de l'amie chez qui je serai en visite. Ni elle ni ses parents ne sauront qu'un garçon vient me chercher, puisqu'il m'attendra une rue plus loin. Ni vu ni connu. Et ma mère n'aura pas peur que je ne me trouve pas de mari.

J'aime ce pays, mais c'est compliqué, parfois. J'ai plusieurs prétendants, je ne sais pas encore lequel je choisirai.

C'est ma sœur qui est actrice, et c'est moi qui aime les jeux de coulisse… Je m'y suis habituée vite, par nécessité. On ne naît pas hypocrite, on le devient. C'est une question de survie. Au Liban, quand tu es une fille, ou bien tu joues ce jeu, ou bien tu moisis chez toi en attendant qu'un vieux ratatiné qui n'a pas trouvé de femme vienne demander ta main. J'ai bien hâte de la voir, la petite Ikram, la pucelle qui n'a jamais embrassé un garçon de sa vie, si droite, si vraie, qui a horreur du mensonge et de l'hypocrisie. En deux ans, elle a peut-être changé. Mais non, si j'en juge par les lettres qu'elle m'a envoyées, aucune bouche n'a encore effleuré la sienne. Trop occupée par sa carrière, ma sœur. Oh mon Dieu, quand elle s'apercevra qu'être comédienne, ici… Elle va être obligée d'apprendre à taire la vérité. À dissimuler, à feindre, à prendre des voies détournées pour faire ce qu'elle veut. Cacher la vérité, ce n'est pas mentir. On ne ment pas, on montre seulement ce qu'on veut montrer. C'est tout. Personne n'a besoin de savoir qui je suis. Et ce que je fais ne regarde personne.

J'avoue qu'on y prend goût. L'esprit est toujours en éveil. On fait briller la façade, on astique ce qui paraît, on fait luire ce que les autres voient, et on garde le reste pour soi. On vit en société après tout, on ne s'occupe que du paraître. Ma vie privée m'appartient. Personne n'a le droit de venir fouiller mon âme.

Ce pays est un sexe ambulant. Le sexe est imprimé dans le regard des hommes. Se laisser admirer, se laisser manger des yeux, on y succombe, on s'en délecte. Faire marcher au doigt et à l'œil les hommes qui nous désirent, c'est un pouvoir effrayant, quand on y goûte une fois, on ne peut plus s'en passer. Parce qu'on sait très bien qu'une fois qu'on est mariée notre pouvoir féminin en prend un sacré coup. Quand on a cédé au désir du mâle une fois, même une seule fois, c'est terminé.

L'homme qui désire est faible, son phallus planté au milieu du front le rend vulnérable, il est à notre merci, on fait de lui ce qu'on veut.

Parfois, les filles succombent. C'est si dur de résister à ces regards qui nous brûlent, à ces promesses qui font de nous des reines, à ces mains qui nous frôlent et font monter en nous le désir fou de s'envoler. C'est à ce moment précis que nous abandonnons la lutte et… notre pouvoir. J'arrête de me battre, je suis à toi, prends-moi. Le grand soleil est là pour nous rendre folles. La sueur gluante de notre entrejambe dégouline sur nos cuisses endolories à force de les serrer l'une sur l'autre. On n'en peut plus. On cède.

C'est ainsi qu'on perd la bataille.

Une fois qu'il est abîmé, le voile de pureté, comme certains appellent la virginité, ne vaut plus rien. Et nous non plus.

22

Nous perdons alors tout notre pouvoir.

Les jeunes filles riches, elles, ne se déclarent pas vaincues. Elles partent pour la Suisse ou pour la France et se font recoudre l'hymen. Tout simplement. Sans hymen vierge, pas de mariage avec un riche époux et surtout, mon Dieu, quel scandale pour les parents ! Être répudiée le jour de son mariage !

La marchandise défraîchie est dévaluée, autant pour les riches que pour les pauvres.

Les jeunes filles moins nanties qui ne peuvent se payer le luxe de vacances en Europe, on les marie jeunes, avant que l'irréparable survienne. Et si l'irrémédiable se produit, il y a le rapt de la dernière chance. Avec le prochain qui tentera de lui faire la cour, elle sait ce qu'elle a à faire, elle prépare le terrain, elle fait monter les enchères, et rentre dans la tête du garçon que ses parents refusent qu'elle se marie avec lui. Alors celui-ci n'a pas d'autre choix que d'organiser un rapt par consentement. Après quelque temps, les parents finissent par accepter parce qu'ils n'ont jamais refusé, tout le monde est content et l'honneur est sauf. Un homme ne peut pas, sans perdre la face, laisser tomber une fille qu'il a séduite et enlevée, c'est lui qui aurait l'air d'un idiot fini.

Heureusement, je suis forte de caractère. Je joue bien sûr à ce jeu qui fait monter la mise : je veux te toucher, laisse-moi, je t'en prie, ta peau si douce, tu me rends fou… Non, je ne te laisserai pas faire ! À les rendre fous, j'y prends goût ! Je vis dans une société

d'hommes où tout marche par ~~supercherie~~ *mensonges* et com-*stratégies*
bine, et je m'en accommode. J'en profite. Même si j'en
ai honte parfois.

Ikram, la sainte-nitouche, la belle petite fille sage et
romantique, toujours un livre de poésie ou de théâtre à
la main, elle va se prendre un bon coup sur la gueule !

Mais c'est mon frère aîné qui m'inquiète le plus. Son
expérience libanaise d'il y a quelques années lui a brisé
la vie. Il est resté déboussolé longtemps et n'est plus
jamais retourné à l'université. Je ne sais pas comment
ça va se passer cette fois-ci. Il y a des gens qui vivent
dans le passé, s'ils ont un os à gruger, ils le rongeront
encore et encore. Mon frère est de cette catégorie. Je ne
dis pas que c'est facile, ce qu'il a eu, personne ne le sait
vraiment. Il n'a plus jamais été le même. Adib a toujours
eu ce genre de caractère, à réfléchir longtemps avant
d'agir, à peser le pour et le contre, à décortiquer tous les
aspects d'un problème, à hésiter. À son retour du Liban,
tout cela était multiplié par mille. Il était abattu et hon-
teux et inconsolable. À ressasser le passé, à en vouloir au
monde entier. Moi, je suis tout le contraire. Quand le
mal est arrivé et qu'il n'y a rien pour le changer, c'est
moi qui change de trottoir. De toute façon, on ne peut
rien y faire, alors à quoi ça sert de se morfondre. Moi
aussi j'aurais aimé étudier, mais voilà, je travaille dans un
magasin chic de vêtements pour femmes. En vouloir
à la vie, rester sur place à se flageller, ça ne sert à rien.
J'aime aller de l'avant, même si je ne sais pas où cela me
mènera. Ruminer, ce n'est pas mon genre.

Je suis plus proche de Daoud, qui est là depuis deux ans. Après la courte période «je veux m'en retourner au Canada», comme nous tous, il a repris ses études. Il a vite compris comment fonctionne ce pays, il a beaucoup d'amis et il est même rendu plus malin qu'un Beyrouthin de naissance.

J'aimerais tant voir Adib détendu et heureux, j'aimerais tant m'apercevoir qu'il a changé, qu'il a fait un pas vers l'avenir. Mais Adib et Ikram ne sont pas des personnes qui changent. À vrai dire, j'ai rarement vu quelqu'un changer. J'en ai vu se détériorer, mais devenir quelqu'un d'autre, jamais. Par exemple, mon petit-cousin Youssef, qui a tenu à m'accompagner à l'aéroport, est la plus gentille personne que j'aie rencontrée de ma vie. Même quand il est débordé, qu'il n'a plus un sou en poche, qu'il est accablé de dettes, qu'il a des problèmes par-dessus la tête, il reste attentionné et doux. Quand il n'en peut plus, il rit. Il rit de lui-même et de la vie. Youssef était déjà comme il est quand nous avons émigré, déjà aussi affable, bon et généreux. À notre retour au pays, sa présence a été plus que précieuse. Il était le seul qui nous comprenait et savait ce que nous éprouvions, il avait connu le Canada, lui aussi.

Youssef et mon père sont cousins germains et amis depuis l'enfance, mon père a une année ou deux de plus et pourtant, Youssef l'appelle «mon oncle», je ne sais pourquoi, tandis que papa l'appelle «mon cousin». Ici, le rapport à ceux qui nous ont précédés est une étrange chose que je ne comprends pas toujours.

Nos deux familles sont liées à la vie à la mort. La mère de Youssef et mon grand-père étaient frère et sœur. Ils éprouvaient l'un pour l'autre des sentiments très forts d'amour fraternel. L'attachement de ma grand-tante pour nous a été décuplé par la mort soudaine et prématurée de mon grand-père, et cet attachement n'a pas diminué avec le temps, bien au contraire.

L'amour de Faridé pour son frère Adib – mon frère a hérité de son nom – s'est rendu jusqu'à nous, ses descendants. On le sent dans ses moindres gestes. Un simple sandwich que ma tante nous fait quand on passe la voir à l'improviste est si plein d'amour qu'il est chaque fois le meilleur sandwich de notre vie.

Si je perdais Adib ou Ikram, je serais dévastée, oh mon Dieu, ça fait deux ans que je ne les ai pas vus, mais je sais qu'ils sont vivants, qu'Allah éloigne le mauvais œil, s'ils étaient morts, oh mon Dieu... J'ai pensé à eux chaque jour depuis que je suis ici, ils font partie de moi. Si mon frère ou ma sœur mourait, je ne serais plus jamais la même. Je grugerais mon os de malheur jusqu'à la fin de mes jours comme mon frère et ma tante. Je ne sais pas. Je crois que oui.

Mais ici, il y a le soleil, tant de soleil qu'on ne peut pas rester longtemps dans les profondeurs, on remonte à la surface. On ne sombre pas. Ma tante est allergique au soleil, ou bien elle y résiste, elle a la peau très blanche, elle s'habille toujours en noir et reste à l'ombre.

Ici, on exprime le malheur à travers des cris à faire peur à Dieu, des sanglots à se dessécher le corps, et puis le soleil nous tire vers le haut, nous remet dans la bataille de la survie. Ici plus qu'ailleurs on sent le flot de la vie, si fort qu'on ne peut y résister. On vit comme si on était maître de son destin, même si on dit sans arrêt que tout est entre les mains de Dieu. On dit *inch Allah*, si Dieu le veut, en pensant : je l'emmerde s'il ne fait pas ce que je veux.

Youssef me sourit en me faisant un clin d'œil de connivence. Je sais à quoi il pense, je lui souris en retour. « L'aéroport sera moins déroutant pour ta sœur et ton frère que le port l'a été pour vous. » J'allais répondre « Je l'espère ! » quand un chauffard nous double par la droite à toute vitesse et manque d'accrocher l'aile avant du taxi. Notre chauffeur le poursuit en klaxonnant, en le traitant de fils de chien, de fou dans un pays de fous, et lui promet de niquer sa race et ses femmes, de sa petite sœur jusqu'à ses aïeules. Pourtant il vient de lui faire le coup, il y a deux minutes. Nous avons failli mourir dix fois depuis Sin el Fil. J'exagère maintenant presque autant que les Beyrouthins…

En arrivant au pays, j'avais peur tout le temps. Les autos roulent si vite en faisant des manœuvres si dangereuses que je pensais à ma mort pendant tout le trajet. Sur les routes de montagne, c'est encore plus horrible, je faisais le signe de croix, je priais et j'attendais ma fin. Comme piéton, ce n'est pas mieux, sans trottoirs, à chaque coin de rue, on risque de se faire renverser. On s'habitue à tout, c'est vrai. Maintenant, je ne m'en fais plus. Si je dois mourir, je mourrai. Je suis devenue fataliste. Je ne peux pas vivre avec la peur au ventre tout le temps. Après quarante jours, tu fais comme eux ou tu les quittes, dit le proverbe.

Pour vivre à Beyrouth, il faut être complètement fou ou avoir une confiance aveugle en la vie, ou encore croire au destin. *Maktoub*, tout est écrit, tout est entre les mains de Dieu, répètent les chrétiens comme les musulmans. Ils martèlent *maktoub* sous toutes ses versions, en joignant leurs mains, puis les ouvrant avant de les lever au ciel avec des yeux éplorés, soumis à la catastrophe imminente. À longueur de journée, comme pour mieux croire à cette main divine qui régit tout. Chose surprenante : croire à la toute-puissance de Dieu et du destin ne les empêche pas d'être très superstitieux. Ils vont jusqu'à prier Dieu pour qu'il éloigne le mauvais œil et bannisse les jeteurs de sorts.

Le chauffeur allume une nouvelle cigarette au mégot de la précédente. Des Bafra, en plus. Odeur reconnaissable entre toutes. Aucun riche ou nouveau riche ne fumerait des Bafra, c'est la cigarette des pauvres. Les signes de la richesse ou de la pauvreté sont clairement définis, les pauvres s'achètent parfois un paquet de Marlboro pour la frime, mais je n'ai jamais vu de riche fumer une Bafra. Au Québec, la cigarette Du Maurier est fumée par tout le monde.

Avec Youssef, on parle français presque tout le temps. Il a un plaisir évident à parler cette langue. Ça lui rappelle ses années d'études peut-être. Avec ses clients, il parle surtout l'arabe. En deux ans, j'ai amélioré mon arabe, même si les gens passent tout de suite au français quand ils décèlent le moindre accent. Dans la boutique de luxe pour nouveaux riches où je travaille, tout le monde parle français. Parfois, on se croirait à Paris, hormis l'accent, légèrement différent, et les quelques mots d'arabe que l'on glisse par-ci par-là dans les phrases. Les mêmes mots avec l'accent beyrouthin reviennent. *Walla*, je te crois pas, chérie, mais tu plaisantes, *oulili*, dis-moi, tu me fais marcher! *We Hyatek,* sur ta vie, donne-moi cette robe, je veux l'essayer au plus vite. *Min ayné*, cette couleur-là, *bit jannin*! Des mijaurées qui ne peuvent pas soulever un petit sac sans faire signe à leur chauffeur qui brûle au soleil debout devant le magasin.

Une autre vie commence… Deux ans sans le regard de ma petite sœur qui me questionne sur la vie comme si j'en savais plus qu'elle, qui m'enquiquine souvent, critique mon comportement, qui voulait rester à Montréal pour poursuivre sa carrière de comédienne, sa passion. Deux ans loin de mon frère, si brillant quand il le veut, si aimant aussi, deux ans sans le voir et surtout l'entendre se flageller, sans m'inquiéter de ce qu'il deviendra, deux ans sans pouvoir au moins tenter de l'aider.

L'avion va atterrir dans quelques minutes, on le voit au-dessus de nous et on l'entend. Je verrai mon frère et ma sœur, je serai heureuse, nous serons heureux, et tout redeviendra comme avant, mieux qu'avant, mille fois mieux qu'avant, nous vivrons dans notre pays, au pays du grand soleil.

3

Adib, le premier fils Abdelnour

Moins de deux jours après notre arrivée, chacun a pris sa place ou repris sa routine. Faïzah va à son travail au centre-ville ; Ikram et Daoud partent ensemble tous les jours et reviennent tard le soir ; les deux petites ont des amies dans l'immeuble, et quand Soraya n'est pas à l'école, elle va jouer au magasin avec Youssef – tant mieux, car à la maison elle est intenable.

Et moi, je vais voir tante Faridé pendant un petit quart d'heure, et le reste du temps, je le passe avec maman, de belles et longues journées, souvent seul avec elle.

J'avais si peur de ne jamais la revoir, ma mère chérie. Notre séparation ne devait pas être si longue, ça s'est étiré à n'en plus finir, je croyais que nos retrouvailles n'arriveraient jamais. Mais elle est là, enfin !

Un ou deux mois de tranquillité avant que notre père débarque et que notre vie soit à nouveau chamboulée. Papa prend beaucoup de place dans une maison, et comme il n'aura pas encore de travail, il remplira au maximum l'appartement déjà très petit. Mais Faïzah est en train de chercher quelque chose de plus grand, et elle trouvera, j'en suis sûr.

Comme le veut la tradition, les gens de notre village et ceux qui habitent maintenant Sin el Fil viennent souhaiter la bienvenue aux nouveaux arrivants. Ikram partie, il ne reste que moi pour remplir les cases vides de cette coutume. Parfois j'y prends plaisir, parfois j'ai hâte qu'ils s'en aillent. Le café, les dragées, la limonade maison ou les sirops à la fleur d'oranger, et notre devoir est accompli. Quand une visite nous réjouit, nous offrons une crème de menthe, les villageois adorent cette boisson. Moi, je parle pendant que ma mère fait ce qu'il y a à faire. J'aimerais parfois être à sa place dans la cuisinette, mais les gens sont venus pour moi, et pour Ikram, qui s'est éclipsée. Je joue malgré moi le rôle du premier fils, du plus vieux, qui fait office de gardien de la tradition. Je dois trouver des raisons raisonnables pour blanchir Ikram. Et je le fais. J'ai plein d'excuses dans mon sac. J'en ai l'habitude.

Deux ans sans voir maman, je m'ennuyais énormément, et Ikram aussi. Elle n'arrêtait pas de nous casser les oreilles avec ses «Je m'ennuie de maman, ah! je m'ennuie trop de maman.» Eh bien, cette chère Ikram est restée une journée en tout et pour tout avec sa maman chérie, et hop! à nous deux, Beyrouth! La découverte de la ville ne pouvait pas attendre. S'il y a quelque chose à découvrir, à voir, à apprendre, il faut qu'Ikram soit là, sans faute! Je l'ai surnommée Ikram

Kamèn, Ikram Aussi. Même quand elle était haute comme trois pommes, qu'elle arrivait à peine à dire deux mots de suite, elle voulait tout faire, tout de suite, et toute seule comme une grande.

Des journées entières avec maman, à bavarder, manger, se taire, être heureux. «Sors, mon fils, tu ne vas pas rester enfermé avec moi, ce n'est pas de ton âge, va, profite de la vie!» Rester seul avec ma mère, c'est profiter de la vie. Je ne le lui dis pas, bien sûr, elle ne me croirait pas. Alors, je lui réponds: *boucra*, «demain», un mot passe-partout que les Libanais emploient à profusion, et que tout le monde croit, même ma mère. Au lieu de «non», on préfère «laisse-moi voir, peut-être, pourquoi pas, demain». Jamais de non catégorique, même s'il est juste et vrai et que c'est cela que l'on veut. Adresser une négation pure et franche à quelqu'un, ça ne se fait pas. Non, jamais.

Avec maman, on refait le monde, on le détricote et le retricote à notre bon plaisir en buvant des cafés et des limonades. Maman aime la philosophie et moi, je me laisse aller à parler longuement des Grecs et des Arabes anciens. Elle aime m'entendre et me pose des questions si intelligentes que je me demande si elle n'a pas fait des études en cachette. Quand je réussis à la faire parler, surtout de son enfance, je suis heureux. Elle me parle souvent de mon enfance à moi, Adib, son premier enfant, son premier fils. Quand elle le fait, je réprime parfois un sanglot qui me monte à la gorge. Pour plusieurs raisons, mais surtout parce que j'ai chaque fois la nette vision que je n'aurai jamais d'enfants, que l'enfance est le temps de la vie humaine que j'aime le plus et que je ne pourrai jamais le revivre intimement en regardant grandir un être cher, mon enfant, et aussi que j'aimerais tant me tromper.

Maman s'inquiète de mon avenir. Mais elle ne m'en parle pas. Parce qu'elle sait que ça ne sert à rien de m'accabler davantage.

Je ne veux pas l'attrister moi non plus, mais je ne sais pas ce qu'il adviendra de moi.

4

Ikram, la deuxième fille Abdelnour

Papa a raison : le Liban, c'est le plus beau pays du monde. Ça me fait un peu bizarre de dire ça après l'avoir tant contrarié en répétant qu'il exagérait. Avouer qu'il a raison dans son dos pendant qu'il est encore là-bas à s'ennuyer à mort de maman et de ses enfants est un peu cruel de ma part. HYPERBOLE

Le Liban… Je suis subjuguée devant tant de beauté. J'étais si sûre de haïr tout ce qui est libanais. Je suis époustouflée devant le nombre de gens au kilomètre carré. Je suis assourdie par le bruit, et j'en viens à désirer le calme de mes journées interminables dans notre magasin, où je priais la Vierge Marie pour qu'il m'arrive quelque chose de plus excitant.

Ici, tout est excitant, tout est différent, tout est charmant, tout est ensoleillé, on ne s'ennuie jamais, même pas une minute de calme ou d'ennui.

Il faut bien que j'admette que mon père n'a pas exagéré : le soleil, les plages, les gens, si serviables, si gentils ! Et cette légèreté, mon Dieu, une espèce de légèreté comme si rien n'avait d'importance, que tout était passager et agréable. *Maalèch, boucra, ma fi machkal, fazii...* pas grave, c'est rien, demain on verra, pas de problème, c'est extraordinaire. Des mots que j'entends à longueur de journée, que j'apprends sans effort.

Tout est effervescent et agréable, comme ce chauffeur de taxi qui s'arrête, me sourit et veut m'amener «là où vous voulez, mademoiselle, je suis à vos ordres, *ana taHt amrék, ya* mademoiselle»; agréable, ce marchand qui m'invite à toucher le foulard de soie qu'il a à la main, et cette dame aussi, bien habillée, assise devant sa miniboutique de bijoux en or, qui voit que je ne parle pas bien l'arabe, qui me parle en français et m'explique qu'il faut faire attention quand on est une belle jeune fille.

Faire attention à quoi ?

«À votre sourire, mademoiselle. Le sourire est une invitation. Je dis ça pour votre bien, vous ne connaissez pas encore le pays, les hommes, vous savez, quand ils voient une jeune fille... Si elle leur sourit une seconde, c'est une seconde de trop, ils pensent tout de suite que c'est une fille facile, et on ne sait jamais ce qui peut en découler... Nous, les femmes, on a le cœur limpide, mais eux, ils ont toujours quelque chose derrière la tête. Je vous dis ça pour vous prévenir, mademoiselle, vous venez d'arriver, ça se voit. Demandez à votre mère. Elle est d'ici, votre mère ?»

Je lui réponds que oui, en même temps que je jette un œil sur mon frère et ses amis qui se sont éloignés. J'aurais aimé rester là, en apprendre un peu plus sur le pays. Elle parle si bien, cette dame. Je lui dis au revoir en la remerciant de ses conseils. « N'oublie pas, belle enfant, le sourire est une ouverture, et parfois un appel, attention à toi, et bienvenue au Liban! *Ahlaw sahla*, je pense que tu vas aimer! »

Oui, oui, je vais aimer!

Cette beauté à vous couper le souffle, c'est mon pays. C'est la première fois que je le dis: mon pays. Sans hésiter.

J'étais si sûre que ce serait un désastre, que ce serait la fin du monde. Mais non, il y a même du théâtre en français, de la télévision qui diffuse plusieurs heures en français. Je ne sais pas ce qui m'arrive, on dirait que ma carrière n'a pas la même importance… Peut-être que j'ai attrapé un coup de soleil, que ma tête est trop pleine de chaleur. Méfie-toi, Ikram, le grand soleil peut faire des ravages, c'est ce qu'Adib me répète. Mais j'ai bien d'autres choses à faire que d'écouter mon frère. J'ai vingt ans, je me sens jeune et belle, et les garçons me regardent. Pas trop – je suis protégée par mon frère –, mais juste assez. J'avais peur de vieillir, d'être déjà vieille et finie.

Je marche au centre-ville, il fait beau, mon frère et ses amis m'accompagnent. Ça fait deux ans que mon frère est au Liban, il a beaucoup d'amis. Ici, tout le monde veut être notre ami. Est-ce parce que nous venons d'ailleurs et qu'ils sont attirés par tout ce qui vient d'ailleurs? Je flotte dans cet univers qui me semble familier et plaisant. Avec l'effervescence qui m'est nouvelle. Nous déambulons dans les murs de Beyrouth, une glace par-ci, un jus de fruits frais par-là, un sandwich de bastourma, le meilleur au monde, et pourquoi pas déguster quelques figues de Barbarie apprêtées par les mains expertes du vendeur sur son chariot parsemé de glaçons? Et tout à l'heure nous irons nous baigner.

Je me suis trompée du tout au tout, mon père avait encore raison, c'est le paradis ici, il suffit de cueillir. D'ouvrir les bras et de recevoir. Le cœur, lui, s'ouvre tout seul.

- Négatif Liban (experience 1958)
- aucun espoir future
- Frère d' Ikram et Faizah

5

Adib

Je déteste ce pays, ce pays qui m'a haché menu, ce pays qui m'a ôté d'un coup ma jeunesse, ma candeur, ma joie. Dans ce semblant de vie qu'il me reste, cette vie qui n'est plus ni tout à fait la mienne ni tout à fait celle d'un autre, il y aura toujours l'avant et l'après de mon premier voyage. Voyage funeste au pays de mon enfance où le destin a frappé. Mon père n'a pas eu besoin de me convaincre, va, tu verras par toi-même si le pays est bon pour notre éventuel retour. Prépare-le. Mon père avait confiance en moi à cette époque. J'étais pourtant si jeune, à peine l'âge de Daoud aujourd'hui. Il me traitait comme son frère, son égal.

Il m'a dit va mon fils. Je suis venu, confiant ; je suis reparti à jamais détruit.

Je n'ai pas préparé notre retour, mais notre désastre, et ma honte a rejailli sur toute la famille. Ça fait déjà sept ans que je traîne ma carcasse, ne sachant pas trop comment en finir.

Et me voilà de nouveau dans ce pays que je hais.

VOCABULAIRE
DÉPRÉCIATIF

C'est ici que le soleil m'a frappé. Le grand soleil m'a arraché la tête et l'a bousillée à jamais. D'un coup violent, il m'a envoyé dans un autre monde. Le sang a coulé de mon nez, de mes oreilles, et j'ai connu la plénitude absolue, puis l'extase et l'allégresse. C'est un paradis d'où l'on ne revient pas indemne. D'où l'on ne voudrait jamais revenir.

Quand on se réveille, oh mon Dieu, comme on voudrait ne jamais se réveiller.

Quiconque a passé cette frontière ne pourra plus se reconnecter au monde quotidien dans lequel on le ramènera de force.

Quand tu transgresses les frontières, ou bien quand tu tombes, c'est pour la vie. Tu es à tout jamais rayé de la liste des gens normaux, de ceux à qui l'on peut faire confiance. Tu vois la peur dans les yeux de tes proches, la peur que tu retombes ou que tu transgresses, cette vilaine peur qu'ils essaient de camoufler, même d'oublier.

Oublier. Toi, tu ne le peux pas. Tu n'es bien nulle part. Et même quand tu flyes à nouveau, quand une force t'entraîne en dehors de toi-même, ce n'est jamais comme la première fois, le ravissement de l'ivresse est perdu, une petite voix dans ta tête ne te laisse pas tranquille, t'empêche de t'envoler à ta guise. Tu sais que tu vas revenir, tu es obligé de revenir dans cet état de lourdeur et d'insipidité qu'ils appellent la vie.

Comme de revenir dans ce pays que je déteste, pour rien au monde je ne l'aurais fait si je n'avais pas été obligé. Rester seul à Montréal, ça voulait dire ne pas savoir comment survivre et surtout ne plus jamais revoir maman.

Tous ceux que j'ai rencontrés il y a sept ans, je les hais, à l'exception de ma grand-tante Faridé, chez qui je vivais, et d'un professeur arménien du nom de Ara Hagopian. Il m'a reconnu comme un frère, étranger comme lui. Il était passionné d'histoire autant que moi. Il avait quelques années de plus que moi et, après ses cours, nous allions au café parler de ce qui nous intéressait. Il me faisait part de ses recherches sur le génocide arménien. C'était captivant. Il me questionnait sur les Indiens d'Amérique, croyant que j'en connaissais plus que lui étant donné que j'avais vécu au Canada. Nous parlions très peu de nos vies. Mais nous avions l'un pour l'autre beaucoup d'affection. Grâce à mon ami Ara Hagopian, j'ai aimé tous les Arméniens que j'ai rencontrés, ici comme au Canada. Ma seule peine est de ne pas l'avoir revu après que le destin s'est acharné sur moi.

Ma grand-tante, que j'aime presque autant que j'aime ma mère, me cherchait partout. Elle a eu l'idée de monter sur le toit de son immeuble. À Beyrouth, souvent, les toits servent de séchoir à linge, de cagibi et même, quand il fait trop chaud dans les maisons, après la tombée du soleil, les gens y montent pour se rafraîchir. Ma tante et mes cousins, jamais, je ne sais pour quelle raison. Ça faisait plusieurs jours que je ne rentrais pas à la maison, ma grand-tante qui m'aimait comme son fils a remué ciel et terre pour me retrouver.

Elle m'a découvert ensanglanté, à moitié mort.

J'avais déniché un endroit où j'étais protégé par un cabanon. Les cordes à linge et ceux qui montaient étaient de l'autre côté. Leurs voix, je les entendais de moins en moins et puis, plus rien, jusqu'à ce que ma mère me retrouve, me prenne dans ses bras, me secoue pour me réveiller, j'allais être en retard pour l'école.

C'est à l'hôpital que j'ai échoué.

Après l'hôpital, c'était l'avion de la défaite. L'avion du retour où mon cousin a déposé mon corps engourdi, mon cœur déchiqueté, mon âme humiliée, mon esprit éteint.

J'étais grand et beau ; je suis devenu bouffi et laid.

Comment sait-on qu'on est beau sinon par le regard sur soi de père et mère ? Pour la taille, c'est facile à voir, la comparaison est objective. C'est rare qu'ils disent «Tu es beau mon fils», mais je le voyais, je le sentais. J'étais grand, plus grand que mon père. «Tu es de la taille de ton grand-père, il était grand et beau», et je me sentais comblé, grand et beau comme mon célèbre grand-père.

Je suis revenu de mon voyage au Liban bouffi et laid. Mais je suis resté grand, même si je désirais rétrécir, rapetisser jusqu'à disparaître. Je suis coupé en deux : avant et après le malheur. J'ai à peine vingt-cinq ans et,

HYPERBOLE

pourtant, il me semble que ma vie est finie. C'est vrai que mon grand-père, à qui je ressemble, n'était pas tellement plus vieux que moi quand il est mort. Adib avait trente-trois ans, l'âge du Christ crucifié.

J'haïs – comme on dit à Montréal. Il me semble qu'on exècre quand on haït. À cause du *ï* que l'on peut allonger à volonté et trancher d'un coup sec. J'aimerais plutôt dire «j'aime», aussi beau que *I love*, sinon un peu plus beau à cause du *m*, qui est la lettre la plus douce, le son le plus velouté, celui que le bébé dit avant même de parler, *m* pour *maman* dans presque toutes les langues. En arabe, *béHébbik*, quand on aime une femme, ou *béHébbak*, un homme; je devrais le préférer, c'est ma langue maternelle, mais je trouve que c'est dur et guttural, comme s'il fallait écorcher pour aimer.

1 impression positives

· rencontre beaucoup artistes
↳ Daoud (frère)

· parles tous français + veulent
partir

6
Ikram

· peintre → portrait

Ça ne fait même pas un mois que je suis à Beyrouth et je vogue de surprise en surprise. Nous vivons tous dans un petit appartement, si petit que nous ne restons jamais à la maison. Nous dormons là, c'est tout. Matelas par terre, lits pour deux ou trois. La cuisine est si petite que je me demande comment maman arrive à faire à manger dans ce réduit où l'eau purifiée coule au compte-gouttes. Le deuxième robinet qui est celui de l'eau non potable coule un peu plus fort. Quand on vient du Québec, où l'eau est si abondante, c'est un choc. Nous sommes à la recherche d'une maison plus grande, pour nous huit. Papa n'est pas encore arrivé, mais ça ne va pas tarder. Quand je me balade dans Beyrouth avec mon frère et ses amis, on dirait que j'oublie tout. Mon père doit être dans tous ses états, je m'en fiche. Est-ce que papa a réussi à vendre le magasin de chaussures ? Est-ce que la compagnie d'assurance a finalement payé ce qu'elle nous doit après l'incendie ? Aucune nouvelle. *Maalèch*, on ne s'en fait pas, c'est pas grave.

Changer de pays, c'est peut-être aussi changer son caractère, devenir quelqu'un d'autre.

Ici, on ne réfléchit pas, on vit. On mange, on boit, on jette l'argent par les fenêtres pour montrer qu'on en a. Je me demande à quel moment les gens travaillent pour avoir tant d'argent à dépenser, et même s'ils travaillent. *Boucra*, demain. On verra… Tout roule comme dans une pièce de théâtre légère et bien huilée. Tout a l'air amusant. Si quelque chose de grave arrive, un accident, une mort, on pleure un bon coup, à s'en défoncer la poitrine, et on passe à autre chose : c'est la volonté d'Allah.

Je ne distingue pas encore un chrétien d'un musulman chiite ou sunnite, il me semble qu'ils se ressemblent tous. Mais je reconnais les riches d'anciennes familles riches et les nouveaux riches. Les premiers ne parlent jamais d'argent et les seconds ne parlent que de ça. Mon frère Daoud a les deux sortes d'amis. La différence est flagrante, mais leur gentillesse est la même et leur bonne humeur aussi, qu'ils soient riches, nouveaux riches ou pauvres.

Ici, les filles n'ouvrent jamais leur porte-monnaie, c'est l'insulte suprême pour les gars qui les accompagnent. Ici, les filles minaudent, font les belles, séduisent, tout est dit à demi-mot, en sous-entendus, et bientôt j'apprendrai comment faire. Qui prend pays prend ses coutumes.

Aussitôt que quelqu'un m'entend dire deux mots en arabe, l'affirmation arrive : *Inti mich min hown*, tu n'es pas d'ici. Au Canada, on me posait les questions : d'où viens-tu ? Où es-tu née ? Ici, ils sont sûrs de ce qu'ils avancent : tu ne viens pas d'ici, c'est clair. Tout de suite après ils veulent tout savoir sur le Canada et, bien sûr, chacun a un cousin qui est là-bas et un frère qui rêve d'y aller. Pour finir, tous demandent pourquoi on est revenus, tous disent qu'ils veulent partir eux aussi. Moi je réponds : pourquoi partir, on est bien ici. Une petite lueur passe dans leurs yeux : oui, c'est le plus beau pays du monde, mais attends un peu de voir ce qu'il y a en dessous. Et très vite, chacun reprend le dessus sur son sentiment premier et s'écrie : mais non, mais non, je plaisante, tu vas voir, ton père a raison de vous avoir ramenés sur votre terre natale, vive le Liban, le plus beau pays du monde !

Je rencontre beaucoup d'artistes grâce à mon frère Daoud, des peintres, des poètes surtout. Nous prenons des cafés et encore des cafés à Hamra, au Horse Shoe, leur lieu de prédilection. Les artistes, quand ils parlent de partir, on dirait que c'est plus sérieux, ils restent tristes plus longtemps. Ils disent que leur travail n'est pas reconnu, que ce pays est fait pour les nouveaux riches, qui le salissent avec leur manque de culture, leur goût de l'argent. Tous ceux que je rencontre parlent français et veulent aller en France. Il y en a même qui y ont vécu. Ils en parlent comme d'un paradis, perdu pour eux. Ils se demandent tous pourquoi ils sont revenus.

Même ceux qui parlent très bien le français ne peuvent s'empêcher de glisser quelques mots d'arabe.

Maalèch, wallaw, inch Allah et bien d'autres. Le plus comique, c'est le franbanais. Une langue à part. Un jargon. À la télévision, il y a une comédie hebdomadaire qui s'inspire de cette façon de parler et qui fait bien rire les Beyrouthins. Même si j'aime beaucoup rire, je n'y suis pas arrivée. Je ne suis pas encore beyrouthine, il faut croire.

Ne pas se poser de questions. Dans les pays froids, on se pose trop de questions ; ici, c'est la dolce vita. Je suis éblouie. Plus rien n'a d'importance que de virevolter.

Tu virevoltes dans ta robe de coton jaune et le peintre est frappé par ta beauté ou par autre chose, il te demande s'il peut faire ton portrait.

« Mon portrait ?

— Oui, votre portrait, pour saisir ce que je cherche en vous regardant.

— Ça prendra du temps ?

— Ça se voit que vous venez d'ailleurs… »

Oui, je viens d'un pays que j'ai tant aimé, mais où tout était plus froid, plus incertain, un pays où l'on se questionne, un pays où la vie ne glisse pas toute douce sous le grand soleil, elle est compacte et dure, la vie, là-bas, toujours des questions : pourquoi, quand, comment.

Ici rien n'est pareil, ici les fleurs n'ont pas besoin de soins exagérés, elles poussent heureuses.

Dans ma main, une fleur jaune, d'un ton plus pâle que ma robe, un fleuriste de la rue Hamra me l'a donnée en passant. Je marchais légère et court vêtue comme

Perrette et son pot au lait, il me l'a tendue en me faisant comprendre par gestes que la rose jaune était faite pour aller avec ma robe. Ici les gens parlent beaucoup avec leurs mains, leurs mimiques et leurs sons gutturaux qui disent le plaisir, l'approbation, la désapprobation, l'admiration. Chaque sentiment a un son précis, un crescendo idéal pour exprimer les émotions quand on manque de mots. Je commence à les connaître. J'ai pris la fleur, je l'ai sentie, j'ai souri. Merci. Je ne suis pas encore habituée à parler spontanément en arabe, tout le monde parle français, je sens qu'apprendre l'arabe sera ardu.

Vous voulez peindre ma robe, mon visage, ma fleur presque blanche, eh bien, allez-y, je vous suis. Mon frère peut venir avec moi? Un taxi. Le voilà.

Mon frère connaît le peintre, il nous a présentés et tout s'est passé très vite. Le peintre m'a regardée, puis un peu plus attentivement. À Beyrouth, tout se passe vite ou bien très lentement. Le temps n'a pas la même consistance que dans le pays que j'ai connu : dès cinq heures du matin les rues grouillent de monde, de cris, d'achats, de ventes, et à une heure du matin il est encore tôt, les gens se baladent, ils sont au café à Rawché, au bord de la mer ou ailleurs. Il n'y a d'heure pour rien, et encore moins pour un rendez-vous, les choses se font par hasard, on dirait.

L'atelier, un peu en dehors de Beyrouth, a des vitres immenses. On est proche du ciel. Vous aimez la lumière. Moi aussi. Mais le Liban, c'est la lumière ! Je ne vois pas pourquoi moi. Pourquoi mon portrait ?

« Parce que vous êtes une lumière sombre… »

Je ne comprends pas.

« Une lumière qui se questionne. Vous êtes un point d'interrogation en robe jaune soleil et aux longs cheveux noirs noués de chaque côté de votre tête. C'est ça que je veux saisir. L'enfance, la jeunesse, la lumière de votre regard. Il faut faire vite. Asseyez-vous là. Gardez votre fleur à la main, reposez votre bras, regardez-moi. »

Mon frère n'est pas venu avec moi à l'atelier. Il m'a dit : va, n'aie pas peur, c'est un peintre extraordinaire, tu vas voir.

Le temps passe et le peintre dessine puis peint avec tant de vigueur, tant de force et de concentration que je suis happée. Le temps encore le temps a explosé, il a disparu, il n'y a plus que cet homme qui me regarde si intensément.

Et moi qui le regarde.

Étourdie et ravie, et consciente de vivre un moment éternel.

Ce désir qu'il manifeste avec des sons si surprenants, sa bouche qui s'ouvre et se referme comme s'il voulait me manger et me boire, je vois bien que ce n'est pas un désir de moi, mais un besoin de toucher à mon essence, à mon âme, et de la fusionner à la sienne. C'est cette fusion qu'il désire faire vivre dans le tableau, je crois. Il cherche à peindre ce qu'il voit au fond de moi en même temps qu'au fond de lui-même. Il s'exprime à travers moi. Tout comme moi je le fais à travers un personnage de théâtre.

En le regardant aussi intensément qu'il me regarde, je comprends quelque chose de l'expression artistique, son mystère, sa grâce et sa beauté. De là à pouvoir transmettre cette force quand je serai sur scène, c'est une autre histoire, mais j'ai aujourd'hui la chance de pouvoir la voir de près.

7

Faïzah

J'ai trouvé une maison au bord de la mer. Une belle et grande maison où chacun aura sa chambre, sauf les deux plus jeunes. Pas trop loin de Beyrouth. Je vais pouvoir continuer à travailler. Tout le monde est content, mais personne n'a dit merci. Si c'était un étranger qui l'avait trouvée, tous, du plus petit au plus grand, l'auraient remercié à n'en plus finir. Faïzah, on s'en fout, elle, c'est normal qu'elle se fende en quatre, c'est notre grande sœur, elle est à notre service.

Avec ou sans merci, je ne peux pas faire autrement, je me sens responsable. Pour tout. Si je ne fais pas l'impossible et même plus pour ma famille, je m'en veux, me sens mal. Responsable ou coupable, difficile à démêler dans ma tête. J'ai toujours été comme ça. J'aime quand mes parents disent : votre sœur est un ange. Ça me fait un velours. De toute façon, le bonheur de ma famille me rend heureuse. Sauf que l'ange au Grand Soleil a pris un coup dans les ailes… Ce pays nous change quoi qu'on fasse. C'est ici que j'ai commencé à penser à mon plaisir.

Pas seulement à y penser, mais à l'éprouver malgré moi, à le rechercher.

J'ai pris une journée de congé pour inviter Adib à venir faire un tour en ville. Il n'est pas sorti de l'appartement depuis qu'il est arrivé. Ça me fait de la peine. Il va parfois au magasin pour bavarder avec Youssef, et il monte souvent sur la terrasse, me dit maman. Je lui ai demandé ce qu'il y a tant à voir sur les toits, à part les cabanons, le linge sur les cordes, et les autres toits. « Si je te disais, ma sœur, qu'il y a ma vie là-haut sur les toits, tu ne me croirais pas. Alors je te dis que j'aime les toits parce que je suis plus proche du ciel. » Adib, je l'aime, c'est mon frère, je ne peux pas ne pas l'aimer, mais parfois j'ai le sentiment que nous ne venons pas de la même famille, sa façon de parler me désarçonne souvent. Les deux années de séparation ne changent rien, il a toujours été comme ça. Si quelqu'un me demandait de le décrire, je ne saurais pas. Un jour que nous étions enfants, mon père, qui était allé au village voisin pour acheter les victuailles avant l'hiver, nous a rapporté une rareté, à Adib et à moi, une chose que nous aimions, pour laquelle nous nous serions battus : des sardines. Ikram était encore petite. Adib et moi, nous sautions de joie, nous avions chacun notre boîte. Nous adorions les sardines, que nous étendions sur le plus de pain possible pour en avoir longtemps. Vite, j'ai demandé à papa de m'ouvrir la boîte de métal, j'avais envie de les dévorer. Ce qu'il a fait, puis il a voulu ouvrir celle d'Adib. Mais Adib ne voulait pas. Tu n'as pas faim ? Tu veux manger plus tard ? Adib a répondu : non, je veux jamais l'ouvrir, je veux la garder comme ça toute ma vie parce que je la trouve très belle et parce que c'est toi papa qui me l'as apportée de Rachaya. Et de sa main droite, Adib flattait tendrement la boîte de métal. Pour moi, ça, c'est Adib, enfant, et c'est Adib, toujours. Ému par la douceur de la boîte qui lui rappelle l'amour de son père tout comme il aime marcher sur les toits pour se rapprocher du ciel.

Petit, Adib voulait ne rien oublier, ne rien perdre, tout garder en lui, il avait déjà le sens du fragile et de l'éternel. Adib est un poète, au fond.

Je lui ai proposé de venir en ville avec moi, on irait se balader, manger au bord de la mer ou même se baigner, s'il en avait envie. Il a refusé. Je ne voulais pas lui en parler hier parce qu'il n'aurait pas voulu que je prenne un jour de congé pour lui. Alors j'ai tenté ma chance. Lui au moins a dit : merci, tu es gentille, Faïzah, merci, mais je ne suis pas encore prêt. Je n'ai pas insisté. Je sais qu'il n'aime pas quand on insiste, je lui ai juste dit que j'avais un jour de congé et que ce serait agréable d'en profiter avec lui.

Quand je pense à Adib, je me dis que la vie est injuste et je ne sais pas pourquoi je dis ça. Quand on est entre nous, en famille, sans Adib, c'est souvent ce qu'on répète sans pouvoir aller plus loin. La vie est injuste. Toujours la même phrase. Il y a de ces phrases comme ça qui deviennent immuables, même si on ne sait plus ce qu'elles veulent dire, on les répète. La vie est injuste, en parlant d'Adib. Et pourquoi pas en parlant d'Ikram, de Daoud ou de moi ? Non. Chacun a reçu sa phrase immuable qu'on a fabriquée pour lui, qu'on répète à son insu.

La seule chose que je vois, c'est qu'Adib n'est pas devenu ce qu'il aurait dû devenir. Avec sa sensibilité et son intelligence, il aurait dû être écrivain, poète. La vie est injuste, incompréhensible et sadique parce qu'elle donne et reprend. Pourquoi donner si elle doit reprendre ?

Et moi, qu'est-ce que j'aurais dû devenir, moi, la débrouillarde, celle qui a à cœur le bonheur des siens ? Est-ce que c'est ça que ma famille répète à mon sujet ? Ou plutôt, que j'ai la tête dure et que je veux toujours avoir raison ?

Depuis qu'Ikram et Adib sont là, je me sens observée, jugée. Ils me critiquent sans dire un mot. Leur présence, même muette, me fait sentir fautive. Depuis qu'ils sont là, mon jeu avec les garçons, ce jeu que j'ai appris ici, je ne peux faire autrement que de le remettre en question. Je me sens coupable sans savoir de quoi et pourquoi. Ils ont réveillé ce que j'ai toujours voulu faire disparaître : ma culpabilité. Et pourtant, je ne fais rien de mal. Je m'amuse, c'est tout.

La nuit, depuis qu'ils sont là, je fais des cauchemars. Ils sont sensuels, sexuels, à l'image de ce pays, ils sont terribles et dégoûtants. Tout ce qui m'attire et me répugne est accru et me fait peur et me fait jouir. J'ai juste hâte de me marier, qu'on en finisse. Dieu, je t'en supplie, ne me laisse pas. Ne m'abandonne pas. Non, je suis forte. Je passerai au travers. Je suis forte.

Si nous étions tous arrivés en même temps, nous l'aurions appréhendé ensemble, notre pays. J'ai deux ans d'avance sur eux, mais leur regard me ramène loin derrière. Et surtout, Ikram et Adib ont quelque chose de trop pur. Et moi, que Dieu me pardonne, je suis une pécheresse. C'est du moins ce que je lis dans leur regard.

Cette pécheresse que les hommes que je croise voudraient pourfendre pour mieux la posséder.

8

Adib

Mes parents, mes sœurs et mon frère me dorlotent trop.
Ils font très attention à moi. Ils ont peur que je retombe,
que je refasse un fou de moi. Moi non plus je ne veux
pas que ça m'arrive, mais est-ce que ma volonté suffit?

Leur crainte va s'intensifier et la mienne aussi. Car
ici, au Liban, un individu est peu de chose, qu'il se
croie important ou pas, il fait partie d'un ensemble
plus grand : la société, la communauté, le clan, la famille. Toutes ces entités prévalent sur sa vie d'individu.
On n'est rien sans sa famille, de même que la famille
dépend de ses membres. Si l'un d'eux déchoit, toute la
famille suivra. Elle aura la tête haute grâce à lui ou sera
ensevelie à cause de lui.

Sous des dehors décontractés et bon enfant, le
Libanais est rigide et guindé sur certains aspects. Les
riches ne fricotent pas avec les pauvres ; les pauvres
fréquentent les pauvres de la même religion. L'odeur
de l'argent l'emporte sur les divisions religieuses chez
les très riches seulement. Des marginaux, il y en a,
mais ils iront vivre ailleurs, comme des lépreux.

La pression sociale, les règles strictes, les codes, difficiles à déchiffrer pour les immigrés que nous sommes, sont des pièges de chaque instant.

En plus de ce que nos parents nous ont transmis pour fabriquer notre corset levantin, il faut tenir compte de tout ce qu'ils ont oublié – ou déformé – à cause des années de dépaysement.

Nous les jeunes, on aurait pu vivre en se foutant de toutes ces histoires de société à la noix, vivre comme nous vivions là-bas, dans notre Québec chéri. Mais non, voyons, impossible! Les parents, eux, veulent «faire partie»... C'est pour ça qu'ils sont revenus, c'est ce qui leur a manqué. Et s'ils tiennent à retrouver toute cette mascarade qui leur rappelle leur jeunesse, qu'est-ce qu'on peut faire?

J'ai dit à ma fratrie: écoutez-moi, j'ai vécu ici plus longtemps que vous, écoutez-moi, vous allez l'attraper en pleine gueule à la moindre déviation. Mais tout le monde s'en fout!

Je sais que la nouveauté est attirante, et ce petit pays est plein de charme et de soleil doré qui nous enveloppe et nous rend effervescents, puis nous engourdit.

Ce pays que ma sœur Faïzah appelle le Grand Soleil nous aveugle et nous soûle, avant de nous assommer. On se réveille avec le nez en sang et une vie perdue.

Si mon disjoncteur saute et que je deviens fou, c'est toute ma famille qui sera regardée de travers. Pas seulement les regards méprisants et les demi-mots cinglants, mais aussi le dédain et l'irrespect. La honte tombera sur nous, comme si ma propre honte et celle de ma famille ne suffisaient pas. Chaque membre de ma famille devra tout faire pour me cacher, me faire disparaître de l'œil social. Sinon l'opprobre tombera sur chacun d'eux.

Si, au lieu de fou, j'étais une fille, une fille violée, par exemple, mon frère et mes cousins chercheraient, trouveraient le violeur et le tueraient. À coup sûr. Lors de mon premier séjour, je l'ai vu de mes yeux, à deux pas d'ici, près de la boutique de mon cousin, une scène de vendetta digne d'un film corse, turc ou kurde, en pleine rue : le violeur a reçu un couteau dans le ventre et s'est écroulé devant nous. Sans procès, sans rien d'autre qu'un coup de couteau donné par le frère de la victime, qui ne s'est pas mis à courir ni rien. Il savait qu'on allait le cueillir et le mettre en prison. Il savait que sa peine serait clémente, car il avait sauvé l'honneur de sa famille.

Quand on viole une fille, c'est toute la famille que l'on viole. Et cette horreur ne reste jamais impunie.

Mais qui tuer quand la folie se jettera sur moi sans prévenir ?

Comment se vengera mon frère pour sauver l'honneur de la famille, qui tuera-t-il ? Un couteau en plein cœur de l'esprit malfaisant sera-t-il suffisant pour qu'il disparaisse à jamais de nos vies ?

Nos vies, intimement liées dans l'honneur et le déshonneur.

Aucune jeune fille ne voudra se marier avec moi, aucune famille ne donnera de plein gré une de ses filles en mariage à un malade. Que la maladie soit physique ou mentale, peu importe, un éclopé, un infirme ne se marie pas, on le cache en attendant qu'il meure. La maladie nous frappe d'indignité à vie.

Je ne veux pas me plaindre de mon sort, je veux le maudire. Je veux le conjurer. Et enfin, renaître. Il faut que j'aille jusqu'au bout de mon ressentiment, de cette haine qui se retourne contre moi. *Conjurer*, j'aime ce mot, je l'ai appris quand Ikram et moi lisions les classiques français à haute voix au magasin. Racine, ô Racine, mon ami. Tu m'as tant donné.

Ce pays est fait sur mesure pour les hommes qui se prennent pour des hommes. Moi, j'ai été émasculé. Même avant d'avoir été mutilé mentalement, je trouvais que la virilité était un jeu qui ne m'allait pas. J'aime les jeux de l'esprit et non les jeux de force et de pouvoir masculins. Tu es supérieur parce que tu es né mâle : je n'ai jamais éprouvé cela, même jeune, même avant ma maladie.

L'année que j'ai passée au Liban à l'âge de dix-huit ans, avant la déroute, je suis tombé follement amoureux d'une fille de ma classe. Au début, elle ne me voyait pas, ou faisait semblant de ne pas me voir, je ne sais pas. Peu à peu, je l'ai conquise avec mon esprit, mes poèmes, mes lettres d'amour. J'aurais bien aimé goûter chaque parcelle de son corps, mais elle et moi nous étions égarés dans ce monde d'interdits. J'habitais chez ma tante et elle, chez ses parents. J'avais entendu dire que les hommes avaient des garçonnières justement pour pouvoir y emmener des filles ; ç'aurait été parfait si j'en avais eu une ou si j'avais connu quelqu'un qui en avait une. Il restait le cinéma, où nous pouvions nous enlacer, ou au moins nous frôler, nous caresser, s'il n'y avait personne. Il y avait toujours du monde. Je n'osais pas risquer que quelqu'un la voie embrasser un garçon. On était en 1958, au Liban. C'est tout dire. La discrétion était de mise, et même si beaucoup de garçons couchaient avec des filles, il fallait que ce soit en cachette. Ma belle et moi, nous n'étions pas assez débrouillards pour en trouver une. Quand j'ai pété les plombs et que je suis passé de l'autre côté, j'en ai déniché, des lieux, beaucoup même, des endroits parfaits pour être seul avec celle que j'aimais. Mais c'est elle qui ne voulait plus de moi.

Tu as changé, Adib, je ne te reconnais plus, qu'elle me répétait, tu me fais peur, Adib, qu'est-ce qui est arrivé ? C'est comme si tu étais quelqu'un d'autre.

Moi non plus, je ne connaissais pas ce garçon que j'étais devenu, mais peu importe, je raffolais de mon nouveau visage, de cette assurance, de ma confiance, de cette force surhumaine qui m'habitait et de cette exaltation si plaisante, rien de mauvais ne pouvait m'atteindre. Je ne pouvais pas être plus heureux.

Ça me fait penser à ma sœur Ikram, avec qui je m'entends bien la plupart du temps, mais que je trouve en ce moment un peu exaltée, en plus d'être naïve, ce qui n'est pas nouveau. Elle pense qu'elle va poursuivre son métier d'actrice. Ici, au Liban, une fille de bonne famille, actrice ? J'ai dans l'idée qu'elle aussi va tomber sur la tête, si ce n'est déjà fait. Un coup de soleil et c'est fini. Je lui ai dit : réveille-toi ! Une jeune fille de bonne famille jouant des rôles au théâtre ou à la télévision, c'est possible dans un pays développé. Le Liban est un pays sous-développé, ne l'oublie pas ! Elle dit oui, oui, et elle continue à aller et venir avec Daoud, qui connaît bien la ville, qui a beaucoup d'amis. Daoud va retourner à l'école et toi, qu'est-ce que tu vas faire ? Elle me dit : j'y penserai plus tard.

Elle est ivre, une bouteille de champagne dans chaque main, on dirait. Elle ne boit pas, je le sais, mais le soleil enivre, j'y ai déjà goûté… Après la grisaille et l'enfermement du travail au magasin, je comprends qu'elle veuille prendre l'air, aller à la plage et tout.

Mais bientôt elle n'aura plus son chaperon, son protecteur, bientôt elle ne pourra plus sortir. Seule, une fille est suspecte. Bientôt, la récréation sera terminée.

Je l'aime beaucoup, ma sœur, j'espère seulement qu'elle sera plus chanceuse que moi et qu'il ne lui arrivera rien de mauvais. Mais j'en doute. À cause surtout de son besoin de jouer. Ce désir-là est incrusté en elle, je le sais, je la voyais, au magasin, quand elle restait quelque temps sans avoir un rôle à potasser, elle devenait insupportable. Je ne l'ai pas surnommée Ikram Kamèn pour rien.

9

Ikram

Papa est arrivé. Tout le monde est content et maman est ravie. Mes deux petites sœurs sont folles de joie, elles ne le lâchent pas, se collent à lui, *baba, baba*, ça n'arrête pas, chacune réclame son attention, le veut juste pour elle. À leur âge, moi aussi j'adorais mon père. Ça me fait bizarre de les entendre parler en arabe avec lui, il y a deux ans elles le baragouinaient à peine. Aujourd'hui ce sont de parfaites petites Libanaises, avec l'accent de Beyrouth en plus. C'est pareil pour Faïzah. Elle parlait déjà l'arabe mieux que moi en tout cas, mais là, on dirait qu'elle prend l'accent des Beyrouthines snobs et leurs manières. Faïzah a toujours été caméléon, en plus d'être une bonne imitatrice. Au magasin, elle me faisait bien rire en imitant certaines clientes, mais là, ce n'est pas drôle du tout, c'est comme si elle devenait quelqu'un d'autre.

Daoud, lui, a fait beaucoup de progrès en arabe, et même en français, il réussit bien dans ses études, ça paraît. Daoud était un grand adolescent dégingandé, il est devenu un beau jeune homme, qui a de multiples intérêts et qui se débrouille très bien dans ce monde encore ésotérique pour moi. Il est mon guide dans mon nouveau pays.

Nous habitons dans une nouvelle maison à Jarjoura, un petit village côtier. Faïzah, toujours aussi serviable et pleine de ressources, nous a trouvé cette merveille au bord de la mer. C'est grand et beau, ça plaît à tout le monde. Mais c'est un peu trop loin de Beyrouth, on ne pourra pas rester ici longtemps.

Papa n'est pas venu directement de l'aéroport, il fallait d'abord qu'il passe embrasser sa tante Faridé et lui demander sa bénédiction, comme ils disent ici. Ma grand-tante serait morte si mon père avait tardé à la voir.

Nous étions rassemblés sur l'immense balcon qui donne sur la rue face à la mer, et nous attendions. Un taxi a klaxonné, nous nous sommes tous précipités sur la balustrade, têtes penchées. C'est lui! Mes frères ont déboulé l'escalier pour prendre les valises, et papa est monté vers nous à une vitesse vertigineuse pour un quadragénaire. Il ressemblait à un touriste qu'on aurait parachuté du pôle Nord, sa peau était si claire, on aurait dit qu'il n'était pas notre père.

L'excitation était à son comble. Qui va-t-il embrasser en premier? Qui va l'embrasser le premier? Cinq personnes ne l'avaient pas vu depuis deux ans, Adib et moi, depuis deux mois seulement. Nous avons laissé toute la place aux autres.

Dans ce brouhaha sympathique, malgré les éclats de voix, les rires, le bruit, je me concentrais comme si j'allais jouer un rôle, j'essayais de me mettre dans la peau de cet homme qui avait tant rêvé, tant travaillé pour arriver à ce moment précis où toute sa famille serait réunie dans son pays qu'il aimait tant. Je sentais sa fatigue et sa joie à faire éclater sa poitrine...

Sera-t-il plus heureux dans sa nouvelle vie? Serons-nous plus heureux?

Papa serrait maman dans ses bras, l'embrassait, se détachait d'elle pour mieux la regarder et disait: tu ne sais pas combien tu m'as manqué, tu ne peux imaginer combien je me suis ennuyé de toi, et il recommençait à l'embrasser. C'est sûr qu'il était malheureux sans elle, tout comme Adib et moi. Papa n'arrêtait pas de nous parler de maman, de ses qualités extraordinaires, et la chérissait de loin. C'est vrai que maman est ce genre de personne qui nous envahit davantage par son absence que par sa présence.

Chacun de nous vivait à sa manière ce moment exceptionnel dans l'histoire de notre famille. Pour notre père, c'était son grand rêve qui se réalisait enfin: il avait réussi à tous nous rapatrier. Il nous regardait l'un après l'autre, sa femme, ses enfants, sa famille. Il avait les larmes aux yeux, impossible de faire autrement, son désir le plus cher prenait vie, là, devant lui. Il y avait de quoi être fier!

Pour notre mère, le Liban, ce n'était pas son idée ni son rêve, mais elle y a adhéré, comme nous tous.

Elle a soutenu son mari, c'était devenu un projet familial qui n'aurait jamais pu se réaliser sans elle. Oui, je reviendrai au pays, qu'elle disait, si tu veux, pour toi, pour les enfants. Peut-être as-tu raison, mon mari, les enfants seraient mieux dans leur pays d'enfance. Maman n'était pas du genre à claquer la porte devant l'enthousiasme des autres, et son mari était si beau à voir, prêt à déplacer des montagnes. Enfin, il était là, un poids venait de tomber de ses épaules, elle ne serait plus seule en charge – même si Faïzah en faisait beaucoup, elle était la mère, responsable du bonheur des siens.

Pour mes trois sœurs et mon frère Daoud, qui sont devenus des Libanais pure laine, ce jour était sûrement heureux. Ils n'ont pas l'air d'en vouloir à notre père de les avoir largués, bien au contraire, ils sont acclimatés et contents de vivre ici.

Adib et moi, les derniers arrivés, nous ne savions pas encore quoi éprouver. Nous vivions dans un joyeux suspense depuis deux mois. L'arrivée de notre père va sûrement précipiter les choses, les clarifier. Notre vraie vie au Grand Soleil va commencer.

Depuis que nous sommes dans cette maison, et surtout depuis que papa est là, je n'ai jamais senti une si grande douceur de vivre. À part les quelques secondes par jour où je me demande ce que je vais faire de ma vie, je suis heureuse. Je n'ai jamais connu une si grande paix familiale. Des querelles, il n'y en a pas, les défauts des uns n'empiètent pas sur la vie des autres, tout le monde s'entend, mes parents s'aiment, ils n'ont jamais été aussi heureux, c'est leur deuxième lune de miel – en présumant qu'ils en ont eu une première.

Nous, les Abdelnour, ne sommes pas habitués au calme, s'il manque des problèmes à résoudre, nous en inventons de toutes pièces, nous les trouvons sous la terre, comme dit ma mère ; nous sommes faits pour affronter les ouragans, pour éteindre des feux et pour en allumer, pour survivre à travers les drames et malgré l'adversité. Nous ne savons pas quoi faire quand tout va bien. D'après ma mère, les gens de notre village disaient des ancêtres de mon père jusqu'à nous : *Baytt* Abdelnour ils ont un ver de terre dans le cul, pas capables de rester tranquilles ! Des allers-retours Orient-Occident, il y en a eu en masse. De départ en retour, nos ancêtres n'arrêtaient pas de bouger ; nous suivons l'exemple et poursuivons la tradition.

Dans cette maison au bord de la mer, nous apprivoisons l'harmonie, les repas sans cris ni pleurs. Des pêcheurs débarquent juste devant notre maison, nous offrent leurs poissons pour trois fois rien. Des soupers pleins de rires, sans drames ni mauvaise humeur. Nous mangeons avec appétit, nous aimons le poisson, tous sans exception. C'est papa qui le fait griller, il a appris la manière en parlant aux pêcheurs.

Est-ce possible de vivre (aussi) comme cela, sans heurts, sans malheur, sans besoin d'argent, sans magasin qui prend feu, sans esclandres, sans frères ou sœurs en crise de folie ou d'orgueil, sans que les émotions de père et mère oscillent, déraillent ou explosent?

Chacun de nous a l'air de se demander : est-ce que ça peut être ça, la vie?

10

Adib

Nager dans la mer est une expérience mystique. Je l'ai éprouvé à mon premier voyage. Très vite, j'ai appris. Je me suis abandonné à l'eau, elle m'a soutenu, et j'ai nagé comme si j'avais toujours vécu dans l'eau. Ma mère m'a dit un jour que j'ai mis beaucoup de temps à marcher, au grand déplaisir de mon père, qui attendait avec impatience de goûter les exploits de son premier fils. Que mon père soit déçu, c'était aussi normal que le sel se dépose sur la peau. Quand il m'a vu, l'autre jour, il était si surpris et enchanté de ma performance qu'il voulait que je lui apprenne.

L'eau est mon élément, l'eau salée de la mer, surtout. Mon cousin Youssef pensait que je savais déjà nager, il ne me croyait pas quand je lui ai dit que c'était la première fois. Avec ma famille, nous allions sur les plages des environs de Sainte-Rose, je restais toujours éloigné des baigneurs. J'aime l'eau salée de la mer. La mer Méditerranée, quand on s'y immerge, on sent qu'on est au centre du monde. La mer m'enveloppe. Je me sens seul et unique. Pas seul et esseulé. Je fais corps avec la force de l'eau. En arabe, on dit la mer du Milieu. C'est de là que nos ancêtres, les Phéniciens, sont partis à la découverte, à la conquête du monde.

Je me repose sur ce rocher plein de sel, je vois l'horizon ouvert, et j'espère qu'il le sera pour moi et pour ma famille. Nous vivons en ce moment une parenthèse, une halte, une accalmie. Quelque chose d'inoubliable, je le sais. Si je suis encore vivant dans vingt ans — cela me surprendrait —, je penserai à ce hors-temps soyeux vécu par notre famille et je me dirai que le bonheur avait la couleur du ciel et une odeur d'algues de soleil d'oursin de mer du Milieu et le sourire de père et mère heureux. Une trêve, un cessez-le-feu, avant que la merde nous tombe dessus. Je sais. Beaucoup m'appellent oiseau de malheur. J'en suis un. Peut-être. Mais j'ai souvent raison.

Faïzah est la seule qui travaille. Tous les jours ou presque, elle se rend à Beyrouth en autocar. Elle a toujours travaillé très fort. Elle aurait pu prendre quelques jours de congé, mais non. Faïzah est de ces personnes qui tombent en morceaux si elles arrêtent de bouger. Le mouvement, c'est ce qui lui convient. Tant mieux pour elle. Mais je ne sais pas pourquoi ni ce qui me fait dire que… Je soupçonne quelque chose ou plutôt quelqu'un… qui l'attend quelque part… L'autocar, elle le prend devant la maison, mais qui nous dit qu'elle ne descend pas à trois minutes de là pour monter dans l'auto d'un de ses amis ? Oiseau de malheur et mauvaise langue… Non, promis, je ne dirai rien à personne.

C'est exactement ce que fait la fille du propriétaire, la plus vieille, je l'ai vue. Elle a l'air pas mal dégourdie, la fille, et elle est très belle.

J'ai demandé à Michel, le plus âgé du groupe des gars de Jarjoura, qui nage comme un dieu, pourquoi il n'y a jamais de filles qui viennent se baigner – à part mes sœurs, je n'en ai vu aucune, et je ne rate pas un jour de mer. Il m'a dit que les filles n'aimaient pas l'eau. J'ai essayé de lui faire dire pourquoi il pensait cela, il a balbutié quelque chose, rien de cohérent ni de logique. Bien sûr que les gros rochers, c'est moins attirant qu'une plage sablonneuse, mais mes sœurs, elles, adorent nager entre les rochers, dans ce bassin extraordinaire, plus beau que la plus belle piscine construite par des humains. Les villageoises boudent la plage rocheuse, ou bien il y a une raison occulte du genre : il y a trop de jeunes hommes, qui forment un groupe compact et plein de testostérone toujours rendu sur la plage, c'est difficile pour une fille de trouver une place, sa place, et d'y être à l'aise.

À Beyrouth, il y a beaucoup de filles sur les plages. J'ai hâte d'aller me baigner là-bas.

11

Ikram

Nous avons fait la connaissance des garçons du village, qui se tiennent au bord de la mer. Sur le haut des rochers, surtout. Et dans l'eau, leur habitat naturel. Ils sont si à l'aise dans la mer qu'en les regardant nous nous croyons venus d'une autre planète, ou peut-être est-ce eux qui sont tombés du ciel. Ils sont beaux, élancés, bronzés, ont des corps d'athlètes. Ils sont timides avec les filles et parlent plus facilement avec nos frères. Ils plongent à tout moment et nous font découvrir de nouveaux trésors marins. Nous admirons leurs exploits, ils le voient bien. Ils nous rapportent fièrement leur butin. C'est à celui qui nous éblouira le plus. Ils sont surpris de constater que nous ne connaissons rien de tous les coquillages remplis de si bonnes choses à manger. Nous sommes des ignorants, c'est certain, mais nous avons tous un faible pour les oursins. Ils nous en apportent tant qu'on en veut, les décapuchonnent en un tour de main et nous les tendent comme un sportif exhibe son trophée.

Quand nous avons compris que les garçons exé-
cutaient la moindre de nos demandes, même nos souhaits à peine formulés, nous nous sommes retenus de
dire «Ah! un coca, un verre d'eau, je meurs de soif,
une glace, ce serait si bon», ou bien «Ah! j'ai oublié
ma serviette, mon huile pour bronzer...» parce qu'ils
se seraient précipités.

Avec une exception, une seule : aucun d'eux n'a accepté d'apprendre à nager à ma sœur Soraya, adolescente
de douze ans, prétextant que pour apprendre il fallait
se jeter à l'eau et nager, c'est tout. Mais je savais, juste à
les regarder balbutier à en devenir tout rouges, que les
seins naissants de ma petite sœur y étaient pour quelque
chose, même à travers son maillot le danger était présent.

Adib m'a fait signe de ne pas insister, il enseignera
lui-même la natation à Soraya.

Les garçons adorent mon frère Adib, qui sait les
questionner, les faire parler et les écouter. Adib s'exprime assez bien en arabe pour ne pas avoir l'air de
venir de Chine comme moi, en plus il est le seul qui
arrive à les suivre dans la mer tandis que nous nageons
dans des bassins naturels entourés de rochers.

C'est ça, ni plus ni moins, nous sommes en vacances!
C'est la première fois que nous goûtons à cette rareté.
Le mot *vacances* n'existe pas en arabe, ou bien notre
famille l'a oublié ou ne l'a jamais su. Être ensemble et
n'avoir rien d'autre à faire que d'être bien est une no-
tion inconnue de nous tous.

Notre village natal est très éloigné de la mer ainsi que de Sin el Fil, où habitent les gens de notre village quand ils quittent la montagne. Résultat : personne ne vient nous voir. Pas de visites impromptues permises par les coutumes, ni de visites de convenances que l'on doit à l'émigrant qui rentre au pays. Donc, pas de cafés à servir, de conversations à tenir, de prétendants à éconduire, de raisons pour s'éclipser. Même quand nous ne descendons pas à la mer, depuis le balcon d'en avant, nous en apercevons l'immensité, et la beauté de l'horizon méditerranéen. Et le ciel toujours bleu. Si nous voulons changer un peu d'air, nous éloigner de cette splendeur pour mieux y revenir, il y a le balcon d'en arrière qui donne sur un superbe verger et la montagne tout au bout. La maison est assez grande pour qu'on ne se pile pas sur les pieds, notre père a rapporté assez d'argent du Canada, nous n'avons aucune inquiétude, nous sommes heureux.

Même si nous savons que le bonheur a la queue lisse, difficile à attraper et à garder, même si nous savons que le malheur, plus griffu qu'un bouton de bardane, colle à nos vêtements, à notre peau, même si nous savons que nos jours sont comptés, même si nous savons que l'argent n'est ni un fleuve ni un ruisseau, que rien n'est éternel et que la maladie peut frapper à n'importe quel moment, nous profitons au maximum de notre jardin d'Éden.

Mon père me regardait avec un sourire malicieux, je savais bien ce qu'il allait me dire. J'étais en train de laver le plancher de l'énorme balcon en déversant des seaux d'eau sur les dalles de marbre. C'est une tâche plaisante et je chantais. J'avais d'abord rafraîchi le salon et la salle à manger avec une serpillière gorgée d'eau et j'étais arrivée à la dernière étape du ménage quotidien, le balcon d'en arrière. Mon père était assis avec son troisième journal, qu'il allait lire avec avidité. Son visage avait foncé un petit peu, son front était rouge, mais son corps était encore blanc, sauf le haut des épaules. Papa n'aura jamais le teint de nos héros du bord de mer. Il me dit avec son air narquois: «On ne penserait jamais en t'entendant chanter qu'il y a peu de temps tu dédaignais le Liban, même de nom, encore un peu et tu serais restée à Montréal. Tu as l'air de bien t'amuser… Je ne t'avais pas vue si joyeuse depuis longtemps.

— Pour l'instant, ça va. Pour l'instant, nous sommes en vacances, ça ne nous est pas arrivé souvent, alors j'en profite.»

Parfois il y a des choses que je garde pour moi parce que je ne sais pas comment les dire en arabe. De toute manière, ce n'était pas le moment, les gros sujets nous tomberont dessus bien assez tôt. Rester à la surface des choses et chanter, c'est ce que je compte faire jusqu'à ce que la réalité me rattrape. Et je n'ai pas l'impression que j'aurai un long moment de répit. L'école va commencer pour Daoud et les deux petites, et nous devrons encore déménager. Je voulais demander à mon père s'il avait déjà commencé à penser à ce qu'il allait faire pour gagner sa vie et celle de sa famille, mais je n'ai rien dit, pas seulement à cause de mon arabe primaire, mais parce que cet homme avait lui aussi besoin de repos. Son réveil se fera bien assez vite.

Papa vient souvent se baigner avec nous. Maman, jamais. Au début, je pensais que c'était parce qu'elle avait du travail. Quand nous allions sur les plages près de Montréal, elle venait avec nous et avait l'air d'aimer nager. Je lui ai demandé pourquoi. Elle m'a dit : ici, c'est différent.

« Qu'est-ce qui est différent ?

— Ici, une femme de mon âge ne va pas nager. »

J'étais surprise. Ma mère a quarante-trois ans, ce n'est pas une jeune fille, mais où a-t-elle pris l'idée qu'une femme de son âge ne va pas à la mer ? Un peu pour rire, je lui ai demandé : « Faïzah et moi, nous serons bientôt trop vieilles ? »

Ma mère a eu une réponse sous forme de question, ce qui est souvent sa façon de s'éclipser : « Est-ce que tu as vu beaucoup de filles qui descendent à la mer ? »

En effet, je n'ai jamais vu d'autres filles que nous. Sur les plages de Beyrouth où j'allais avec Daoud, il y avait beaucoup de filles, c'est ce que j'ai dit à ma mère, qui m'a répondu : « Ici, c'est un village, côtier, mais un village quand même. Comme nous y habitons, il faut faire comme les villageois. »

Je vais de surprise en surprise.

«Alors Faïzah et moi, et bientôt Soraya, nous sommes des hors-la-loi, des impolies, des mal élevées, des aguicheuses?

— Non, vous êtes des étrangères pour eux, des Américaines, on vous pardonne tout, vous n'êtes pas obligées de suivre les règles.»

J'étais hors de moi.

«Mais où sont-elles écrites, ces règles?!

— Nulle part. Mais moi, je ne peux pas faire semblant que je ne les connais pas et que je ne suis pas d'ici. J'ai été élevée ici. Quand je vivais au Canada, je faisais comme les gens de là-bas, maintenant je suis ici, je fais comme les gens d'ici.»

J'étais troublée. Bienvenue au Liban, *Welcome to Lebanon, ahlan wa sahlan ila loubnan,* que je me répétais, dans les trois langues parce que les trois sont là quand on arrive à l'aéroport, mais je n'ai pas voulu faire une scène à ma mère et l'alerter sur ce qui nous attendait. Je ne voulais pas gâcher les quelques jours de joie qu'il nous restait.

Une autre qui m'intrigue, c'est Faïzah. On dirait que je ne la reconnais plus. Nous avons traversé la glace et le froid et d'innombrables journées sans soleil, main dans la main, nos premières années au Canada ont été difficiles, mais nous étions ensemble. De la savoir à mes côtés me rendait forte. Deux ans peuvent-ils changer une personne du tout au tout? J'espère que non. Parler avec elle ou avec une étrangère, pas de différence. Daoud a changé en deux ans, mais dans le sens que je pouvais imaginer. Faïzah, elle, est partie ailleurs, je ne saurais dire où. Mais bon Dieu, qu'est-ce qui est arrivé?! On ne peut pas faire ça à sa propre sœur! L'abandonner dans un nouveau pays, même s'il est censé être le sien. Je me serais attendue à ce qu'elle me prenne par la main, qu'elle me guide, qu'elle m'offre ses deux années d'expérience, comme je l'aurais fait pour elle. Au lieu de cela, elle fuit à chacune de mes tentatives pour me rapprocher d'elle, pour percer le mystère.

C'est peut-être ça, vieillir : devenir de plus en plus seul. Si je ne suis pas restée au Québec, c'est justement parce que cette peur m'a tordu le ventre. Affronter la Goulue, la sorcière, l'inévitable solitude des jours froids, je n'étais pas prête. Au Grand Soleil, la Goulue semble inoffensive et retirée dans ses terres. On verra bien si elle a un visage à deux faces, elle aussi.

12

Faïzah

«Faïzah, arrête de travailler, on a assez d'argent, repose-toi, reste avec nous», l'un après l'autre, ça n'arrête pas! Ils sont tellement heureux d'être ensemble au bord de la mer qu'ils oublient que l'argent et mon père sont deux entités qui ne font pas bon ménage. Pour redevenir pauvre comme Job, je lui donne six mois, un an tout au plus, à mon cher papa. Je connais le Liban, de même que les qualités et défauts de mon père. Il va se faire plumer et nous serons à nouveau sans le sou. Les hommes d'affaires beyrouthins sont des rapaces, ils vont le manger tout rond, lui, honnête montagnard et petit commerçant montréalais. Ouvrir des magasins en banlieue de Montréal, c'est de la p'tite bière, comme ils disent là-bas, mais se frotter à un Beyrouthin, commerçant depuis des générations et roublard, pour ne pas dire croche, véreux et tricheur, c'est bien autre chose, et ce n'est pas donné à tout le monde.

Mon père est un rêveur qui se fait emberlificoter par celui qui sait bien parler. Et des gens qui savent bien parler, qui ne savent que parler, il y en a des tonnes ici. Ils vont flairer de loin «l'Américain» qui a un peu d'argent et qui cherche à démarrer une affaire, et ils vont le leurrer avec des projets mirobolants. D'abord en l'encensant − c'est la spécialité des beaux parleurs −, et comme il n'est pas insensible à la flatterie, mon père va les croire et casquer. Les projets vont foirer, c'est certain, parce que ce ne sera rien d'autre que de l'arnaque. Il n'aura rien vu venir, en plus de n'écouter personne. Tous les «fais attention, papa; fais attention, mon mari; fais attention, mon cousin» ne serviront à rien, parce que c'est un homme qui s'emballe vite et qu'en plus de son enthousiasme effréné, s'il donne sa parole, il ne la reprend pas. Deux belles qualités, c'est certain, mais dangereuses avec des personnes malhonnêtes!

Heureusement que je ne lui ressemble pas. Comme je le connais bien, je n'ai pas laissé mon travail. Pas seulement parce que j'ai des personnes à voir en dehors de la maison.

Quand mon père aura perdu tout son argent par manque de discernement, par bêtise, il restera au moins Faïzah, la belle dinde, qui en rapportera un peu à la maison. C'est comme ça depuis que ma tête dépasse à peine le comptoir de notre magasin. Je compte sur moi-même. En deux ans, je suis devenue gérante des deux boutiques où je travaille, l'une à Hamra, l'autre à Souk Ayass. Si je n'avais pas travaillé tout de suite en arrivant, l'argent que mon père nous envoyait cahin-caha n'aurait pas suffi à nous faire vivre et à envoyer Daoud, Soraya et Rosy à l'école.

Contrairement à maman, Ikram, Adib, Daoud et même les petites qui me répètent: «Reste avec nous, repose-toi», mon père, très perspicace sur certains aspects, a saisi que mes allées et venues ne concernaient pas seulement mon travail et notre gagne-pain, il m'a dit: «Fais attention, ma fille. Ici les hommes sont malicieux.»

Il ne m'a pas fait de remontrances exagérées, juste lancé cette phrase, mais j'ai eu l'impression qu'il avait compris tout ce que je vivais. Il ne voulait pas commencer une engueulade, une dispute, ou me mettre au pied du mur, pour ne pas gâcher ce moment familial exceptionnel, sans doute, mais aussi parce qu'il sait que je suis une fille qui réfléchit. Moi aussi, je peux m'enflammer pour un projet ou une personne, mais je garde le contrôle, contrairement à lui.

13

Ikram

Les propriétaires de notre maison habitent au rez-de-chaussée. Leur fille Mona, une adolescente de quinze seize ans, pendant toute la journée, se prépare pour sortir, se maquille, se coiffe, se démaquille, se lave les cheveux, les sèche au soleil et recommence à se coiffer, à se maquiller… Jamais elle ne sort. Jamais elle ne descend se baigner.

J'étais en train de lire sur le balcon arrière, j'aime m'asseoir là pour me reposer du soleil. Mona a arrêté tout mouvement, soudainement songeuse, elle regardait les citronniers et les orangers sans les voir. J'ai décidé de descendre la saluer, parler un peu, la connaître. Elle s'est levée pour aller me faire un café, comme on fait pour la visite, je lui ai dit que j'en avais assez bu merci.

Nous bavardons. Qu'est-ce qu'elle met dans ses cheveux pour qu'ils soient si beaux? Est-ce parce qu'elle les lave souvent? Au Liban, on ne parle jamais du temps qu'il fait, puisqu'il fait toujours beau. Je lui demande pourquoi elle ne descend jamais se baigner, elle dit qu'elle ne veut pas voir les garçons qui sont toujours là, qu'elle n'aime pas la mer. Je lui demande ce qu'elle veut faire dans la vie, si elle a un rêve.

Elle me répond : « Oui, j'ai un rêve. Me marier.

— Te marier, c'est ton rêve ?

— Oui, me marier avec celui que j'aime. Mais je sais que ça n'arrivera pas. »

Et là, la jeune fille se met à pleurer et plonge sa tête dans le bac d'eau à côté d'elle. Je reste assise et j'attends. « À vous, je peux le dire, parce que vous êtes une étrangère et que vous n'irez pas le répéter. J'aime un garçon. Il est en classe de première avec moi. Il habite Beyrouth. Il est chiite.

— Et alors ?

— Chiite ! Vous ne comprenez pas. C'est un musulman. » Elle recommence à pleurer de plus belle. « Je ne peux même pas en parler à ma sœur !

— Tes parents ne veulent pas que tu sortes avec lui ?

— Ah, mais vous ne comprenez rien ! Excuse-moi, pardon, vous venez vraiment de la lune ou quoi ?

— Je viens du Québec, au Canada.

— Tout le monde se marie avec tout le monde, au Canada ?

— Pas quand ils sont trop jeunes. Tu es trop jeune. C'est pour ça que tes parents ne veulent pas que tu te maries. Je ne pense pas que c'est à cause de la religion.

— Pardonne-moi de te le dire, tu es plus vieille que moi, excuse-moi, mais tu ne comprends rien à rien. Vous avez une excuse, vous n'êtes pas d'ici. »

Elle me tutoie et me vouvoie d'une phrase à l'autre. Elle me regarde avec une telle intensité que je me dis qu'un jour je m'en inspirerai si j'ai à jouer une amoureuse contrariée.

« Vous croyez vraiment que j'ai annoncé à mes parents : "Papa, maman, j'aime un chiite et je veux me marier avec lui"? Vous croyez ça vraiment ?! Sauter dans la mer pour ne plus jamais remonter, ce serait mieux. Dire ces mots-là à mon père, tu penses ça possible? Oh mon Dieu! Mes parents sont maronites depuis mes arrière-arrière-grands-parents, des descendants directs des Phéniciens! Pour vous, ça ne veut rien dire, hein? Même à ma sœur, je n'ai pas osé. Elle, sans problème, elle sort, elle rentre, un jeune homme après l'autre, elle fait ce qu'elle veut avec eux, une allumeuse, ma sœur, c'est sûr, mes parents ne savent rien, c'est la meilleure menteuse au monde, mais moi je ne veux pas sortir avec les garçons, j'aime un garçon, un seul, c'est lui que je veux. Il s'appelle Hamid. Mon Dieu! qu'est-ce que je vais devenir? »

On entend un bruit venant de la porte d'en avant. Mona devient livide et replonge sa tête dans le bac d'eau.

Je remonte l'escalier pour rentrer chez nous. Je reste sur le balcon un peu en retrait, je ne veux pas que la mère me voie. Tout se passe bien. Pas d'éclats de voix, pas de dispute. La mère n'a pas entendu notre conversation, c'est certain, sinon, ce serait l'horreur, si j'ai bien compris l'étendue du problème.

Je faisais un peu la fille naïve qui vient d'ailleurs et qui ne connaît rien. Deux mois au Liban m'ont suffi pour voir la scission entre les religions. Tout est confessionnel ici, même l'argent. Les chiites, par exemple, sont beaucoup plus pauvres que les autres communautés. Mon cousin Youssef m'a expliqué que, lors du protectorat français, les maronites et les chrétiens en général ont été favorisés, et que la constitution libanaise a été établie en ce sens. Du président de la République libanaise jusqu'au plus petit fonctionnaire de l'État, la hiérarchie est à l'œuvre et chaque religion a une place spécifique et immuable. Je ne suis pas assez calée en politique, mais il me semble qu'ici la discrimination passe par la religion. Comme si au Canada, un francophone (catholique) ne pouvait jamais être premier ministre ni ministre des Finances parce que ces postes seraient exclusivement attribués aux anglophones (protestants). Au Canada, les inégalités existent aussi. Quand j'étais là-bas, j'ai remarqué que les Canadiens anglais étaient plutôt riches et que les Canadiens français l'étaient beaucoup moins, comme les chiites d'ici.

« C'est sûr, m'a dit mon cousin, les chrétiens sont généralement francophiles et cela convient aux Français, qui en ont fait leurs alliés dans la région. Cette alliance n'est pas innocente et profite aux deux parties. Diviser pour mieux régner, ça ne date pas d'hier. Les chrétiens sont minoritaires en Orient depuis longtemps, qu'ils lorgnent du côté de la France va de soi. La France, quant à elle, avait besoin que continuent sa mainmise économique et culturelle – journaux, radio, centres culturels, écoles, universités – et son influence politique même après l'indépendance du Liban ; les chrétiens, eux, avaient besoin de cette aide extérieure pour ne pas être engloutis par le grand nombre de musulmans autour d'eux. C'est par leur côté « français » que les maronites affichent leur différence prétendument phénicienne et leur particularité chrétienne, et ils travaillent fort pour les conserver, pour ne pas disparaître de la carte du Moyen-Orient… »

Quand il est lancé, mon cousin Youssef me fait penser à Adib. Moi, je pose des questions et je m'instruis.

J'entends mon nom : Ikram, où es-tu ? Viens jouer avec nous ! Mes deux petites sœurs, plus adorables l'une que l'autre et si différentes. Elles vont chez les religieuses à Sin el Fil, où l'enseignement se fait en arabe et en français.

On ne pourra pas rester ici quand l'école va recommencer. Nos jours au bord de la mer sont vraiment comptés.

Et moi, qu'est-ce que je vais devenir ?

Je pense souvent à mon peintre et à son regard puissant. Mon portrait, je ne l'ai même pas vu fini. Je devais retourner à l'atelier avec lui, mais nous avons déménagé si rapidement que je n'ai pas eu le temps de le prévenir. Ah ! les téléphones, ici, quel calvaire ! Il m'a demandé de poser pour lui, pas seulement pour mon portrait, mais comme modèle. J'étais bouche bée et j'ai balbutié que c'était impossible, que nous allions quitter Beyrouth bientôt, même si Faïzah n'avait pas encore trouvé de maison. Je ne l'ai même pas dit à Daoud. J'étais si gênée, comme s'il m'avait demandé de coucher avec lui. Je pense souvent à ses yeux perçants. J'en rêve, même.

Ah non. Je ne suis pas venue au Liban pour jouer au modèle d'un peintre qui me transperce le corps avec ses yeux, je suis là pour faire du théâtre. Oh mon Dieu ! Où, quand, comment ?

14

Ikram

Horsh Tabet, c'est notre nouveau quartier – la «forêt des Tabet», un patronyme courant. Un boisé de sept rangées de pins d'à peine la largeur de notre immeuble est censé représenter… la forêt. Ils ont rasé le reste pour construire des immeubles de quatre ou cinq étages. C'est joli, pas trop bruyant, et encore propre. Notre appartement est agréable à cause des pins justement, que l'on voit de notre balcon. J'espère qu'ils vont nous les laisser quelque temps.

Le taxi-service passe au rond-point, pas loin de chez nous, mais pas trop près non plus, ce qui est avantageux car on évite le bruit et l'odeur de l'essence. Un épicier, un boucher, et une pâtisserie française qui vend des glaces italiennes et des sorbets libanais – mes petites sœurs sont ravies. Le concierge et sa femme sont gentils et tiennent les lieux très propres. L'immeuble est neuf, avec nos voisins nous sommes les premiers locataires. Il y a une vingtaine de grands logements, l'ascenseur, la terrasse pour étendre le linge, ce que je fais avec plaisir, et le sous-sol fortifié qui sert d'abri en cas de guerre et qu'on dit obligatoire en ce pays. Nous habitons au quatrième, avec un balcon sur toute la largeur de l'appartement.

Faïzah va à son travail, Daoud à ses cours, les deux petites à l'école, mon père au bureau de son associé. Il a trouvé où investir un peu d'argent, il va et vient, on ne le voit pas beaucoup, maman fait tout ce qu'il y a à faire quand on est une mère, c'est-à-dire qu'elle n'arrête pas de la journée. Moi, je l'aide autant que je peux, pas beaucoup en somme. Je suis préoccupée, angoissée, ça coince parfois dans ma tête, le temps passe et je n'ai rien devant moi. Je lis les journaux en espérant un indice pour démarrer mon travail de comédienne. Je ne sais pas où aller, à quelle porte frapper. J'ai pensé qu'en attendant de voir comment ça marche dans ce pays, je devrais trouver un boulot, n'importe quoi, pour sortir de la maison et gagner un peu d'argent.

Adib et moi, nous nous tournons les pouces en ne sachant pas quoi faire de nos vies. Nous sommes des désadaptés. Adib ne sait pas quoi faire, moi, je ne sais pas comment y arriver… Il cogite, il est sombre et moi, je ne vais pas beaucoup mieux. Au bord de la mer, il était joyeux, nous l'étions tous, mais là, c'est la vraie vie, la bataille pour la survie.

Adib a une chambre à lui, toute petite, censée être la chambre de bonne, avec des toilettes attenantes. Daoud aussi a une chambre à cause de sa grande table à dessin, sur laquelle il passe des soirées entières à travailler à ses projets pour l'école. Les filles, nous sommes jumelées : Faïzah avec Rosy, le bébé de la famille, qui aura bientôt cinq ans ; je suis avec Soraya, qui n'arrête jamais de parler et que j'adore entendre.

Je viens de lire dans *L'Orient*, un journal de langue française, une belle entrevue avec un auteur dramatique qui rentre tout juste de Paris. Il dit avoir une nouvelle pièce qui sera montée au Théâtre de Beyrouth, et qu'elle est en français. J'ai eu un frisson dans tout le corps. Je ne sais pas si les acteurs sont trouvés, si la distribution est complétée, je serais prête à jouer n'importe quoi. Juste de savoir qu'une pièce se joue en français, ça veut dire qu'il y en aura d'autres, ça me redonne confiance en l'avenir.

Je voulais téléphoner au théâtre, prendre rendez-vous pour une audition, mais nous n'avons pas encore le téléphone. Ici, pour avoir une ligne avec un numéro correspondant, il faut avoir un piston, *wasta*, mot-clé indispensable pour qui veut survivre en ce pays. Il faut d'abord connaître Quelqu'un qui connaît Quelqu'un qui pourrait nous présenter Quelqu'un que l'on pourrait soudoyer pour avoir le sacré téléphone. Nous prions très fort pour les rencontrer. Faïzah, avec sa débrouillardise légendaire, va sûrement y arriver.

Chez l'épicier, on peut téléphoner, mais avant d'avoir la ligne on a le temps de prier Dieu et de le maudire plusieurs fois, et ce n'est pas parce qu'on décroche le récepteur qu'on a forcément la tonalité ni le numéro du théâtre, encore moins l'auteur ou le metteur en scène au bout du fil. Il m'a semblé plus rapide de prendre le service au rond-point qui me mènera au centre-ville et, de là, un autre service jusqu'au théâtre. Avec Daoud, nous sommes déjà passés devant, c'est très joli, du moins à l'extérieur. J'y vais demain.

J'appelle Adib pour qu'il pose son livre et vienne s'asseoir avec moi, prendre l'air et parler un peu.

Des détritus de toutes sortes commencent à se faufiler et à s'accrocher aux troncs des arbres juste devant mes yeux.

Je me prépare mentalement, je réfléchis à ma vie en regardant les pins.

J'ai hâte à demain.

15

Adib

Ma sœur Ikram ne veut pas que je reste trop long-temps seul dans ma chambre de moine. Moi, je l'aime, ma chambre. J'ai tout ce qu'il me faut. J'ai récupéré tous mes livres. Nous venons de recevoir notre maison par bateau. Tout ce que nous n'avons pas pu apporter en avion est arrivé dans une immense boîte en bois plus grande que ma chambre. Cela a pris presque un an. Nous étions tous très excités, des enfants de cinq ans le soir de Noël. Chaque objet oublié revit et de-vient un cadeau. Un grille-pain, qui s'extasie devant un toaster? Et pourtant chacun de nous tournait au-tour, le touchait, le trouvait beau, avait hâte de mettre sa tranche de pain dans la fente, de la voir sauter chaude et grillée, et enfin de la croquer. Mais où trouver le pain dodu tranché, ou même à trancher? Ce qu'on appelle ici du pain français est aussi rare que de l'or en barre! Mais nous trouverons, nous trouverons! Ceux qui sont ici depuis plus longtemps qu'Ikram et moi avaient oublié beaucoup de leurs effets personnels, mais pas le grille-pain. Je ne sais pas qui a eu la merveilleuse idée de glisser quelques pots de *peanut butter* dans le tiroir d'une commode. Nous étions aux anges. Surtout Faïzah et Daoud, qui en avaient cherché en vain dans Beyrouth.

Tout est là, nos meubles, nos souvenirs, nos photos, la radio, le tourne-disque, la télévision et le *tape recorder* qui nous a donné tant d'heures de plaisir à enregistrer nos voix, le babillage de mes petites sœurs, et les conversations de nos parents sans qu'ils s'en rendent compte. Surtout nos livres et nos disques. Ikram et moi, nous nous sommes jetés sur nos livres comme sur des amis que nous n'avions pas vus depuis longtemps et nous les avons pressés sur notre cœur.

Tout est différent, ici, même les prises électriques. Il a fallu trouver les adaptateurs à ajouter sur les fiches de tous les appareils pour qu'ils fonctionnent, et surtout celui du tourne-disque, qui nous intéresse le plus. Ikram et moi, les deux fainéants de la famille, nous nous sommes dévoués. Toute la journée au centre-ville, que personne n'appelle la place des Martyrs, et pourtant c'est son nom exact. Personne ne sait de quels martyrs il s'agit, même si l'histoire du Liban n'en manque pas. Quand on vit ici, on sent que tout peut sauter à n'importe quel moment. Israël est à deux pas de chez nous, les camps palestiniens sont chez nous, si près de notre maison qu'on entend les prières du muezzin la nuit quand tout est calme. Pas besoin d'être fin analyste politique pour savoir ce qu'il adviendra de cette proximité.

Toute une journée al Borg, c'est comme ça qu'on appelle le centre-ville. Ça vient du mot latin *burgus*, «forteresse», qui est devenu «bourg», décliné dans toutes les langues, c'est un mot international. Je suis tellement content d'avoir retrouvé mon dictionnaire!

Cette virée en ville pour dégotter les fameux adaptateurs a été un exploit, chaque marchand nous renvoyant à un autre, mais ç'a tout de même été plaisant. Du même coup, on a attrapé deux miches de pain français. À nous les toasts et la musique! Depuis, Ikram n'a pas cessé d'écouter le disque de Claude Léveillée, que j'entends même de ma chambre et que je connais maintenant par cœur, car j'ai une bonne mémoire. C'est d'ailleurs tout ce qui me reste. Ma mémoire. C'est mon plus grand atout et ma malédiction.

«Sur un cheval blanc, je t'emmènerai / Défiant le soleil et l'immensité / Loin de la ville, uniquement nous deux... / Je sais que ce n'est qu'un rêve / Pourquoi faut-il que ce ne soit qu'un rêve / L'hymne à l'amour, je l'entends déjà / J'entends déjà son alléluia / alléluia.»

C'est moi qui le lui avais offert, à son anniversaire de dix-huit ans.

16

Ikram

Je suis folle de joie. Je les ai vus. Au Théâtre de Beyrouth, ils étaient là. L'auteur et le metteur en scène. C'est comme s'ils étaient venus pour moi. En fait, ils avaient rendez-vous avec le directeur du théâtre. Je suis descendue du taxi-service et je me suis dirigée vers le théâtre, il était une heure de l'après-midi. Je ne voulais pas venir trop tôt ni trop tard, je ne savais pas à quelle heure j'avais le plus de chances de voir quelqu'un. La porte principale s'est ouverte, c'était bon signe.

J'entre. Le hall est vide, le guichet aussi, pas de théâtre en après-midi. Je traverse le hall en bois doux et doré, vitré, très beau avec son plancher de marbre. J'entends le bruit de mes talons. Dix pas avant de toucher à la poignée de la double porte que je crois être l'entrée des spectateurs, et elle s'ouvre… J'arrive dans une allée qui longe une centaine de fauteuils. C'est tout petit. Mignon comme tout. Il y a même une mezzanine minuscule à ma droite. De la lumière en avant : un homme d'une trentaine d'années, mince et grand, adossé au proscenium. Deux hommes sont assis, je ne vois que leurs têtes, leurs cheveux. Ils écoutent celui qui est devant eux, qui fait des gestes beaux et amples. Il se déplace, se tourne vers la scène puis vers ses interlocuteurs. Je reconnais le sujet, je l'ai lu hier dans *L'Orient*. Il n'y avait pas de photo du dramaturge. Celui qui parle ne semble pas avoir écrit la pièce, il s'exprime comme un metteur en scène qui la projette dans l'espace. Il la voit déjà sur scène et essaie de communiquer sa vision.

Je me sens comme une intruse. Je n'arrive pas à partir, je n'arrive pas à avancer, je suis clouée sur place dans l'ombre et j'attends le bon moment.

«Tu as trouvé tous les acteurs? dit l'un des hommes.

— Non, répond le metteur en scène. Il me manque le grand-père et la sœur de Bahri, la plus jeune. Demain je vais aller à l'Université Saint-Joseph, je suis sûr que je trouverai celle qui me manque dans le cours de théâtre. Pour le grand-père, je crois que Farès Haroun fera l'affaire, ce n'est pas un grand rôle, et même s'il est plus habitué à jouer en arabe qu'en français, ça marchera. S'il accepte.»

C'est à ce moment-là que je m'avance, le cœur battant et ouvert: «Excusez-moi de vous déranger.» Les trois hommes me regardent. Et l'auteur dit: «Oh mon Dieu, c'est Amira, mon personnage!» Je continue à marcher et le metteur en scène dit: «Tout à fait. Oui... tout à fait. Bonjour, mademoiselle, vous êtes actrice?» Oui.

Ils m'invitent à m'asseoir, me posent toutes les questions possibles, d'où je viens, comment ça se fait qu'ils ne m'ont jamais vue, etc. Je leur parle de ma courte carrière, de mes études de théâtre et de mon expérience à la télévision et sur la scène. Ils ont l'air impressionnés, contrairement à moi, qui trouve que j'ai accompli si peu par rapport à ce que j'aurais voulu. Je demande de passer l'audition. Ils m'assurent que ce n'est pas la peine. J'aimerais lire la pièce. Mais bien sûr, dit l'auteur.

Il prend un manuscrit broché, qu'il me tend ouvert, et en ouvre un autre à la même page, se lève et va s'appuyer sur l'avant-scène. Il lit une longue réplique et me fait signe de continuer. Je lis la réponse d'Amira. Je dis les mots sans forcer la voix ni l'intention, que je ne connais pas. Je lis et j'aime ce que je lis.

C'est grave et beau. Je comprends les mots, bien sûr, mais pas encore le sens de cette histoire. Je vois bien que le frère et la sœur sont très unis, qu'ils luttent contre une oppression qui semble être politique, mais je ne sais pas encore de quelle domination il s'agit. J'ai juste hâte de lire toute la pièce. L'auteur et le metteur en scène me disent que je l'aurai la semaine prochaine et qu'en attendant ils m'invitent à déjeuner avec eux. Je ne suis pas encore habituée au mot *déjeuner* comme dans les romans ou les films français. Je dis oui, même si je n'ai pas faim, je veux les connaître un peu plus, et je n'ai rien de mieux à faire. On va manger pas très loin du théâtre. Je pensais qu'on irait à Hamra, là où tous les artistes se tiennent. Dommage, j'aurais pu voir mon peintre aux yeux de charbons ardents.

Le metteur en scène et l'auteur ne m'ont pas déplu, loin de là, mais je les ai trouvés très différents des Libanais que j'ai rencontrés. Ils n'étaient pas sympathiques, dans le sens proches du cœur, ni chaleureux comme le Libanais lambda, mais plus réservés, moins expansifs. Ils semblaient appartenir à une caste plus européenne qu'orientale, ils parlaient le français sans aucun accent libanais, ils ne roulaient pas leurs r et ne glissaient aucun mot du parler libanais dans leurs phrases. Même pas un petit passe-partout comme *yaané*, que l'on entend mille fois par jour et qui serait l'équivalent de « t'sais ». Même s'ils n'avaient rien de libanais, avec Eddé et Naccache comme nom de famille, ils le sont forcément, comme moi, Ikram Abdelnour, il ne me reste pas grand-chose de libanais, mais quand même, je ne peux y échapper.

Je crois que ce sont des artistes talentueux, ça se sent tout de suite ces choses-là. Ils semblent plus proches de leur art que des gens, mais peu importe, j'ai juste hâte de lire la pièce et de commencer les répétitions.

Quand j'y repense, cette journée a été magique, digne d'un film romantique. Tout tombait à point comme si c'était arrangé avec le gars des vues – ça fait longtemps que je n'ai pas dit ni entendu cette expression-là, qui me fait penser à ma jeunesse au Québec…

Quelqu'un qui m'entendrait raconter cette scène pourrait dire que tout m'est arrivé sans effort. Je lui répondrais que ça fait des mois que je me ronge, que je fouille, que je lis les journaux, que j'espère une ouverture, n'importe quoi, pour m'intégrer à cette société dans laquelle notre père nous a garrochés, et enfin faire mon métier. Nous nous sommes pliés à son désir, c'est vrai, il ne nous a pas ligotés et mis de force dans l'avion, peut-être que nous étions trop faibles pour lui tenir tête, mais les mots, l'éloquence, l'art de convaincre sont une arme – elle ne fait pas couler de sang, mais des larmes au moment où l'on s'y attend le moins.

J'ai tellement hâte de travailler... Je sens qu'une nouvelle ère s'ouvre devant moi. Naccache et Eddé, je les aime déjà parce qu'ils me donnent ma première chance à Beyrouth.

• Rôle au théâtre (ch.16)
  + télé
• parents ∅ contents
  ↳ Québec = ok   Liban = pas ok
• menace ses parents
  • Adib = Liban en retard
  • Faïzah inquiète (p.112)

17
Ikram

En dix jours, j'ai obtenu un beau rôle au théâtre et un autre à la télévision. L'un découle de l'autre, c'est un très petit milieu, tout le monde se connaît. Le metteur en scène a dit devant quelqu'un qu'une actrice qui venait du Canada allait jouer dans sa pièce. Hop! me voilà! Comment ont-ils fait pour me retrouver? Je n'avais pas donné mon adresse au metteur en scène et je n'ai pas de téléphone. Les Libanais me surprendront toujours. Ils ont déniché le voisin d'un vague cousin de mon village natal qui travaille maintenant à la télévision comme preneur de son, qui se souvenait tout aussi vaguement que sa mère lui avait dit que les Abdelnour étaient revenus du Canada, qu'ils habitaient à Sin el Fil, que l'une des filles était actrice. La suite, c'est mon cousin Youssef – plus connu à Sin el Fil que Barabbas dans la Passion – qui s'en est chargé.

Le rôle à la télé, ce n'est rien de transcendant, mais c'est quand même un rôle dans une série – qu'on n'appelle pas téléroman ici, mais qui est diffusée chaque semaine et raconte une histoire en continu. On m'a donné le rôle d'une émigrée qui revient dans son pays, tiens, tiens, un grand rôle de composition… À cause de mon gros accent quand je parle l'arabe, il sera difficile de jouer autre chose pour le moment.

Je voulais annoncer ces bonnes nouvelles à mes parents.

Ils sont en train de prendre un café au salon comme ils le font les soirs où il n'y a pas de dispute ni de tension. Avec un beau sourire et très fièrement, je leur apprends que je vais jouer au Théâtre de Beyrouth le mois prochain dans une pièce de Fred Naccache et que j'ai décroché un rôle à la télévision. Leurs visages restent impassibles. Mes parents ne sont pas des éteignoirs, loin de là. Ils n'ont pas bien entendu, c'est sûr – j'ai pourtant parlé dans leur langue –, alors je répète. Mes parents se regardent, puis me regardent, mal à l'aise. Je ne comprends pas, quelque chose de grave est arrivé et personne ne m'en a parlé. Dites quelque chose, nom de Dieu! «Rien n'est arrivé, me rassure ma mère.

— Mais alors pourquoi faites-vous cette tête-là?!»
C'est mon père qui prend la parole. Les mots sortent difficilement de sa bouche, comme s'il n'avait jamais parlé de sa vie. «Tu sais, ma fille, nous sommes au Liban… Nous espérions que…» Je le laisse se dépêtrer, je sais ce qu'il va me dire. Quand il commence par «Tu sais, ma fille, nous sommes au Liban», je sais toujours ce qui va suivre.

Je reste droite et raide. Du roc. Je joue le rôle d'une pierre de mille ans. Il recommence, encore plus mal à l'aise avec son «Tu sais, ma fille, nous sommes au Liban», comme si je ne le savais pas. Je les regarde et j'attends. «Tu le sais, ma fille, au Liban… une fille de bonne famille ne joue pas au théâtre ni à la télévision.» Je le regarde en plein dans les yeux et je parle sans émotion, sans tremblements, je suis de marbre:

«Quand nous étions au Canada, nous n'étions pas une bonne famille, je n'étais pas une fille de bonne famille?

— Oui, bien sûr. Nous étions une bonne famille et toi, une bonne fille, tu jouais à la télé et nous étions tous fiers de toi. Mais ce n'est pas de toi que je parle, je parle du Liban. Nous vivons au Liban, Ikram. Les règles ont changé. Au Liban, ma fille…»

Là, le roc éclate. Je crie tellement fort, avec une puissance insoupçonnée et une telle rage, une fureur millénaire, un cumul de colère, la voix de ma grand-mère qui crie à travers moi sous tous les cieux son acharnement à ne jamais se taire, je suis possédée par une force que je ne me connais pas.

Tous mes frères et toutes mes sœurs se précipitent au salon.

Je reprends le contrôle de ma voix, trouve le plancher, sa note la plus basse, ma voix devient souterraine, sans aucun tremblement:

«Écoutez-moi bien, parce que je ne le dirai qu'une fois. Une seule fois. Je vis au Liban, je jouerai au théâtre, je ferai de la télévision, que vous le vouliez ou non. Si tu ne veux pas, toi, le bon père de bonne famille, que ta fille fasse du théâtre, mets-moi à la porte. Dis-moi clairement : "Je ne veux pas de toi dans ma maison." J'irai mendier ou faire la putain. Mais je jouerai au théâtre et à la télévision.»

Au moment où je prononce le mot *putain*, je vois le visage de ma mère et de mon père se décomposer, changer de couleur. Ils savent que je peux le faire, et moi aussi. Et nous savons tous les trois que ce serait cruel, d'une cruauté immonde, et que cette horreur-là serait de leur faute. Je sais qu'ils ne seraient pas capables de le supporter. En leur âme et conscience, ils savent qu'ils sont responsables de cette transplantation dans ce pays. Ils savent qu'ils m'ont encouragée quand j'ai voulu devenir actrice, les oui ma fille, vas-y, je suis fière de toi, nous sommes fiers de toi, je les ai entendus et réentendus. Ils ont applaudi encore plus fort quand je suis devenue une actrice professionnelle.

Ils savent que c'est abominable de changer d'idée de cette façon, Liban ou pas.

Mon père et ma mère sont coincés tout autant que moi. Ils ont fabriqué un monstre qui a besoin de la scène pour s'exprimer et pour exister. Tant pis, ils n'avaient qu'à m'en empêcher quand j'étais petite, ç'aurait été plus facile de m'en abstenir. Je me suis construite autour de ce talent qui est devenu ma passion, puis ma vie. Tant pis pour eux. Dans mon cœur et dans mon esprit, il n'y a pas une règle pour là-bas et une autre pour ici. J'aime cet art et ce métier, je le pratiquerai envers et contre tous.

J'ai dû en dire de grands bouts en français, mais, peu importe, ma rage et mon refus de céder ont été parfaitement compris. Le mot *putain*, que je connais très bien en arabe, aurait suffi à lui seul à déstabiliser mon père et ma mère, qui sont eux aussi piégés par ce retour dans une société qui les force à baisser la tête, à se conformer, à suivre comme des moutons les coutumes et à perdre leur liberté de penser. En obéissant à ces règles éculées, ils ne peuvent qu'enfouir ces quinze années vécues ailleurs en abîmant une partie d'eux-mêmes.

La tête haute, je rentre dans ma chambre. J'en ai assez. Je suis décidée, résolue et sereine, même si mon cœur bat un peu plus vite que d'habitude.

S'ils veulent que je parte, qu'ils me le disent clairement et je pars. Mais je ferai mon métier. Un point, c'est tout.

Ma petite sœur Soraya a attendu un bon moment avant de me suivre. Je savais qu'elle en avait envie, mais qu'elle sentait que je voulais être seule. Doucement, elle ouvre la porte et, plus doucement encore, elle vient se coller à moi. Soraya, petite et frêle — à peine ses seins dévoilent-ils son âge —, qui a toujours quelque chose à raconter, elle ne dit pas un mot.

Je les entends au salon. Ils parlent fort, s'entrecoupent. Je n'arrive pas à jauger qui est pour et qui est contre moi. Sans arrêt, Faïzah répète que ce n'est pas possible. Au début, je ne comprends pas ce qu'elle veut dire, puis elle dit qu'une femme de notre village m'a vue à la télévision, qu'elle ne sait pas si elle était scandalisée, mais qu'elle pense que oui. Daoud la coupe, outré : les gens sont arriérés ou quoi ! Il y a eu les Beatles, le Flower Power, la révolution sexuelle, réveillez-vous ! On est en 1966, bientôt en 1967 ! Puis Adib renchérit : on est en retard de deux siècles au moins. Même si Molière, le plus grand auteur de tous les temps, n'a pas eu de sépulture chrétienne, même si les acteurs étaient considérés comme des marginaux, ils étaient quand même reçus par Louis XIV ! Et regardez comment ils sont adulés aujourd'hui : Marlon Brando, Brigitte Bardot, Jeanne Moreau, le sieur de Belmondo qui joue *Pierrot le fou* ! Et ma reine d'entre toutes : Jean Seberg, *À bout de souffle*, tout comme moi…

Je n'entends pas la voix de mes parents, peut-être sont-ils partis dormir. Puis, Faïzah émet un long souffle, comme font les vieilles femmes au village en se croisant les bras, assez fort pour que je l'entende : je ne sais pas ce que les parents d'Azziz vont penser. Et Daoud de dire : je me demande ce que tu fais avec un gars pareil, et Adib de rajouter : oh, attention, il a le titre de cheik, qui a été donné à son aïeul par l'Empire ottoman, rien de moins, mon cher ! Justement, répond Daoud, c'est de l'histoire ancienne tout ça. Ces gens-là s'accrochent à des branches mortes et nous tirent avec eux vers un passé révolu. Faïzah éclate : mais vous ne comprenez rien, vous deux ! Qu'est-ce qu'on ferait sans le passé qui a fait que nous sommes ce que nous sommes? Et mon père, dans une expiration et le malheur dans la voix : il y a passé et passé, ma fille…

C'est la seule phrase que je l'entends dire depuis notre déchirure.

Puis le silence…

Chacun de mes frères et sœurs a dit son mot, pour le reste, c'est à moi de jouer, le poids de mes paroles est sur mes épaules. Il ne faut pas que je flanche. Je me sens bien. Très bien. Je n'aurais pas changé un mot de tout ce trop-plein que j'ai déversé, il était temps.

«Tu ne partiras pas, hein, Ikram?» Je pensais qu'elle dormait, la petite grande Soraya. «Je ne veux pas que tu t'en ailles, je veux que tu joues au théâtre et à la télé. Je t'ai jamais vue au théâtre, moi, juste trois fois à la télévision. On est partis trop vite. C'est moi qui te ferai répéter, OK, Ikram?» Je la serre dans mes bras, ma complice de toujours. Je me suis beaucoup ennuyée d'elle pendant nos années éloignées l'une de l'autre.

J'aurais pu dire à mes parents : je repars pour le Canada. Ç'aurait été mieux reçu que de risquer la «putain» ici devant leurs yeux et leur société. J'ai failli le dire… Pendant une fraction de seconde, une fraction seulement, c'est apparu à mon esprit, mais je l'ai rejeté aussi vite, je savais qu'il fallait que j'affronte mon père, que je tue cette mièvrerie qui m'est coutumière. Oui papa, oui papa, c'est fini, il faut que je tue mon père pour devenir enfin une adulte. Qu'il souffre!

J'ai assez souffert de ses décisions et de mon silence. J'ai assez joué la fille gentille. C'est fini.

Je ne veux pas vendre mon âme. Faire ce que mon père et sa société veulent que je fasse, céder, abandonner ce que j'aime, devenir ce que je ne suis pas, ce serait vendre mon art et mon âme. Et ça, jamais. Au grand jamais !

. Mère pas d'accord

. parents seront tjrs contre

18

Adib

Tant de tension dans cette maison, de silences pesants, j'ai juste envie de partir, d'aller chercher du travail, ce qui ne serait pas une mauvaise chose. Lire dans ma chambre, c'est bien, mais quand les ondes négatives arrivent jusqu'à moi, porte fermée, c'est le temps de faire quelque chose. Je suis content que pour une fois ce ne soit pas moi qui engendre le malaise et l'air irrespirable ; c'est Ikram et sa confrontation silencieuse avec mon père. Ma mère, traditionaliste comme elle est, le soutient, et je pense même qu'elle est d'accord avec lui. En Chine, fais comme les Chinois : c'est ma mère tout craché, encore plus que mon père, je dirais.

C'est une guerre d'usure. Mes parents la regardent sortir, aller à ses répétitions ou à ses émissions de télévision, faire exactement ce que mon père ne veut pas qu'elle fasse sans qu'il ose ouvrir la bouche. Ikram l'a défié de la mettre à la porte, mais il sait comme nous tous que ce serait horrible pour tout le monde. Une prostituée dans la famille, c'est impensable. Et la cerise sur le gâteau, c'est que Faïzah a un prétendant plus que sérieux, plus à droite que la droite, et que le scandale risque d'arriver plus tôt que prévu si Ikram ne cède pas à la pression.

Je n'aurais jamais imaginé que ma petite sœur Ikram Kamèn, si douce si gentille, tiendrait tête à notre père. Si ç'avait été Faïzah qui avait maté le roi avec son fou, j'aurais compris. Une vraie partie d'échecs est en train de se jouer dans notre maison, dans un silence assourdissant.

Pas de cris ni de hurlements, pas d'engueulades, mais bien pire, c'est un silence chargé de malaise et de grondements étouffés, l'impuissante frustration de mon père et de ma mère est à couper au couteau. Eux aussi sont pris à la gorge dans les us et coutumes du pays qu'ils ont quitté pendant si longtemps. Eux aussi ont connu une certaine liberté de pensée et d'action, loin de leur société initiale. Quand ils étaient fiers de leur fille Ikram, ils l'étaient vraiment, ils savent bien que ma sœur n'a pas changé, elle est la même, ce qu'elle aimait là-bas, elle l'aime ici, c'est le Liban qui a bouleversé leur entendement, qui les a mis au pied du mur.

Entre la voir devenir comédienne ou la voir devenir putain, c'est sûr que mes parents n'ont pas le choix. Ils la laisseront faire, mais ils seront toujours contre. Pour la simple raison qu'ils vivent ici et non là-bas.

Ils seront contre. Et Ikram ne cédera pas.

On ne connaît jamais les gens qu'au moment d'une crise. La crise révèle ce qui est à l'intérieur de nous et que l'on peut taire dans les moments de calme, que l'on peut endiguer, réprimer jusqu'au moment où ça suffit, où la digue cède. Au Grand Soleil cachez vos filles! Ikram a décidé que non, elle fera ce qu'elle aime, envers et contre tous.

Ça va l'user. Effriter ses nerfs. Nous sommes fragiles des nerfs dans la famille.

Mine de rien, c'est une espèce de chantage émotif qu'elle fait subir à mes parents.

Ramer à contre-courant, marcher face au vent. Être seul à affronter l'ennemi. Vivre contre les règles établies est extrêmement exigeant.

C'est épuisant à la longue.

Qui va s'épuiser en premier? Qui abdiquera? Ikram ou mes parents?

19

Ikram

J'attends *la* phrase. J'attends d'être reniée et jetée à la rue. Je sors tout le temps, et même quand je suis en dehors de la maison, j'y pense, et j'attends.

Je travaille quand j'ai des engagements à la télévision, et je me fais des amis. Je vais souvent chez Nicole Elkoury, la femme si affable qui jouait le rôle de ma mère dans la pièce de Naccache. Elle vient d'ailleurs, comme tous ceux qui deviennent mes amis. Je ne le fais pas exprès, c'est ce que je constate. Elle aussi est unilingue. Elle baragouine quelques mots de libanais courant quand elle parle au chauffeur de taxi ou à sa bonne, mais c'est tout. C'était la première fois qu'elle participait à une création théâtrale, sinon, elle travaille à la radio libanaise, qui diffuse plusieurs heures par jour en langue française. Elle a une émission qui passe le dimanche soir, que je connaissais avant de la rencontrer, j'ai commencé à l'écouter dès que j'ai reçu ma petite radio avec nos effets personnels du Canada.

Nicole Elkoury m'a dit que je pourrais travailler à Radio-Liban si je voulais. J'ai toujours écouté la radio, j'aime ce médium. Elle m'a dit que la seule manière était de créer un projet, elle m'a expliqué comment faire et à qui le présenter. Depuis qu'elle m'a ouvert les yeux sur cette possibilité, j'y pense beaucoup, ça tourne dans ma tête. Et il n'y a pas que ça qui tourne…

J'ai rencontré un garçon sympathique, un ours mal léché qui m'emmène toujours au cinéma. Il dévore les films et veut devenir cinéaste. Il n'y a aucune attirance sexuelle entre nous. Nous sommes frère et sœur, aussi décalés l'un que l'autre de la réalité qui nous entoure, des enfants d'immigrants revenus au pays à la suite d'une décision qui n'est pas la leur. Nous sommes deux oiseaux à une patte et chacun épaule l'autre sans jamais parler de tout ça. Ce qui nous intéresse, c'est d'aller au cinéma.

Nous voyons tout ce qui passe. Il y a plusieurs bonnes salles de cinéma à Beyrouth et les films arrivent ici à une vitesse étonnante, on les voit tous, sans exception, les bons, deux fois plutôt qu'une. *Blow-Up*, *Belle de jour*, *Bonnie and Clyde*, *La bataille d'Alger*, *Persona*, *Le samouraï*, *The Graduate*.

Tadeus, c'est son nom, un nom italien parce que sa mère aime les romans italiens. Il touche une allocation faramineuse de ses parents et il est certain qu'ils financeront son premier film. Parfois, il me fait lire les scénarios qu'il vient d'écrire, je n'ai pas l'habitude d'en lire et je ne lui suis d'aucune aide. Ce qu'il m'en raconte est plus intéressant que ce que je lis.

Il paye tout: le cinéma, les repas et encore le cinéma, et les cafés et les glaces en attendant le prochain film. Il paye tout, sans ostentation, pas pour imiter les hommes qui ne laissent jamais payer les filles, encore moins pour frimer. Tadeus paye parce qu'il a plus d'argent que moi et qu'il aime que je sois avec lui, et moi aussi. Il a trouvé en moi une personne qui adore le cinéma autant que lui et qui peut, tout comme lui, revoir le même film trois fois s'il le faut, en discuter, le disséquer pour en saisir les subtilités, pour essayer de comprendre pourquoi il est bon ou pas, pourquoi on a été subjugués, transportés, jusqu'à oublier qu'on était au cinéma.

Parfois, Daoud, et même Soraya, viennent au cinéma avec nous. Ils ont tout de suite aimé mon ours préféré, qui a l'âge de Daoud, vingt ans. Daoud s'est offert de s'occuper des décors du film à venir puisque c'est son domaine, et Tadeus en l'entendant a soudainement blêmi, comme s'il voyait que son film pouvait devenir réel. Il s'est vite remis de ses émotions et a répondu: oui, avec plaisir, et Ikram en sera la vedette. On n'avait jamais parlé d'un rôle pour moi dans son film, d'après ce qu'il me faisait lire, il n'y avait absolument rien qui ressemblait même de loin à un personnage que je pouvais jouer.

Un jour, il voulait rester en ville pour voir le film de Rohmer *La collectionneuse* à 9 heures. Il habite en dehors de Beyrouth, je ne sais où, et n'avait pas envie de rentrer chez lui. Il m'a demandé si ça me tentait d'aller à l'hôtel avec lui, prendre une douche, nous reposer un peu et revenir. J'ai dit oui. Je n'ai eu aucune hésitation. Je savais qu'il avait de l'argent, mais pas au point de prendre une chambre d'hôtel pour quelques heures. En fait, je ne savais rien de lui, hormis sa passion pour le cinéma.

Entrer avec un jeune homme dans un hôtel chic, ça ne m'était jamais arrivé ; la seule fois que j'avais dormi et pris un petit-déjeuner dans un hôtel, c'était quand la compagnie d'avion Lufthansa nous avait débarqués à Bruxelles pour un soir, Adib et moi, lors de notre voyage au Liban. Mais avec Tadeus, c'était comme un jeu. Il m'a semblé plus habitué que moi, même si j'essayais de jouer la fille qui en a vu d'autres. Tout d'un coup, pendant une petite seconde, j'ai pensé qu'il n'était peut-être pas le garçon terriblement doux et aimable que je connaissais, ça m'a effleuré l'esprit, puis m'est apparue l'image de mon peintre aux yeux ravageurs, et si ç'avait été avec lui que je montais pour atteindre la chambre… Je suis devenue toute rouge et Tadeus s'en est aperçu. Il m'a dit tu as peur dans les ascenseurs, j'ai répondu oui.

Tadeus s'est bien comporté. Il est allé sous la douche et est resté en caleçon, et j'ai fait de même, mais j'ai remis ma robe de coton léger. Il a dit laisse tomber ta robe, viens, je vais te caresser. Ça m'a fait bizarre comme s'il disait viens manger ou boire ton verre de lait, ou bien regarde, il faut la lécher la glace, sinon elle va fondre. J'ai ôté ma robe et suis venue m'étendre près de lui. Doucement, il a frôlé mon corps avec des mains si douces, si douces. Je n'avais pas remarqué qu'il avait un toucher de pianiste.

C'était la première fois que quelqu'un me caressait. Petite, au village avec les garçons de mon âge, bien cachés dans les sous-bois, on jouait à ces frissons défendus. Quand le garçon frotte son appendice sur mon petit ventre et arrive doucement à mon entre-cuisse, qui ne cherche que ce doux frôlement, c'est un plaisir divin, et quand sa fléchette entre dans mon trousseau, c'est l'extase. Plus ce plaisir-là, si lointain et si vivace, me revenait en flots joyeux, plus je me laissais aller et plus les caresses de Tadeus devenaient enivrantes. Les images de mon enfance déferlaient. La même douceur, les mêmes jeux coquins, la même joie d'être en vie sous des chatouillis savants que je ne connaissais pas, et de légers souffles qui réveillaient la moindre parcelle de ma peau. Les caresses se prolongeaient, qu'elles durent, oui, que ça ne s'arrête jamais, le plaisir me happait et je pensais à toutes ces heures que j'avais ratées… Bon Dieu, j'allais avoir la coiffe de sainte Catherine et je n'avais encore jamais embrassé un garçon. J'avais oublié que j'avais un corps ! Je l'avais mis de côté, brimé, sublimé. Mon corps qui pouvait me donner tant de plaisir ! Je m'étais protégée des regards malsains, des mains comme des serpents qui vous frôlent furtivement dans la rue, et je m'étais refermée. L'image de mon peintre me revenait sans cesse. Mon corps se liquéfiait sous les doigts experts de mon ami, et mon esprit était plein de mon peintre, de ses yeux pénétrants, de son indocilité et de sa sauvagerie et de son souffle ardent quand il peint.

Tadeus était complètement détendu, satisfait, son grand corps bien enveloppé et son visage de poupon étaient repus comme j'avais vu dans les films. Je lui ai demandé s'il voulait que... Il m'a fait non de la tête : moi, j'aime caresser. Je n'aurais pas su quoi faire, s'il avait dit oui... Je me suis penchée pour l'embrasser, ses lèvres m'ont retenue longtemps. Ses baisers sont comme lui, dodus, généreux et tendres.

Tadeus est un garçon étrange quand j'y pense. Il a été élevé au Sénégal. Est-ce que ça explique quoi que ce soit, est-ce que ça explique tout ce qu'il est ? Il est secret et ne ressemble à personne. N'importe quel Libanais, jeune ou vieux, m'aurait sauté dessus dans la même situation, c'est certain. Mais je ne serais pas ici avec n'importe quel Libanais, c'est également certain. Peut-être que je serais venue avec mon peintre... Lui n'aurait jamais eu assez d'argent pour une chambre d'hôtel, ni moi non plus, alors on serait allés à son studio ensoleillé. Oui. Mais où est-il ? Comment le revoir ? Il n'est jamais au Horse Shoe comme avant. Peut-être qu'il est en voyage, qu'il a été invité à faire une exposition en France ou ailleurs. Ça arrive souvent aux peintres. Comment faire pour le retrouver ? Oh, les caresses de Tadeus me font perdre la tête, mon peintre a peut-être une femme et trois enfants...

Je batifole. Je folâtre. Je tue le temps.

Je vais, je viens, je sors, je rentre comme si je vivais seule, sans passé sans avenir sans parents sans frères ni sœurs, je vogue à la dérive. Même si j'ai cherché cette liberté, je trouve qu'elle est difficile à vivre. Plus difficile que je l'aurais pensé en tout cas. Parfois, au beau milieu d'un film que je regarde avec mon ami Tadeus — je ne sais pas ce que je ferais sans lui —, je me dis Ikram, tu t'égares, tu t'égares! Mais je n'arrive pas à savoir comment vivre ma vie. Une épée pend à deux pouces de mon cœur, mais je ne sais pas pourquoi elle se trouve là ni comment la repousser. D'où vient cette angoisse soudaine? Quand je suis arrivée, je me disais qu'au Liban il y a trop de soleil, impossible de déprimer ou d'angoisser. Justement, le soleil commence à me peser, je ne le supporte plus, je le fuis.

Ma vie. Que sera ma vie?

[Note manuscrite en haut de page :]

- Faché contre Ikram
  - Comédienne = gâche ses propres plans
  - (Marick Azziz)
- Égoïste
- dure envers Soeur

20

Faïzah

J'ai hâte de me marier pour partir définitivement de cette maison où l'air est devenu irrespirable. Déjà qu'on doit prendre trois douches par jour pour pouvoir passer sa journée en ville. C'est insupportable. Vraiment, Ikram exagère. Personne ne veut qu'elle fasse du théâtre et de la télévision. Mes futurs beaux-parents encore moins que tout le monde, et elle n'en fait qu'à sa tête. On dirait qu'elle s'en fout, de mon avenir. J'aime ce garçon. On est au Liban, pas en France ni au Canada. Après quarante jours, tu fais comme eux ou tu les quittes. Elle est restée et elle ne se conforme à rien. Mon père n'est pas assez sévère. Il devrait l'enfermer. Point.

« Dis-moi : "Sors de ma maison", et je partirai, je ferai la putain, s'il le faut. » Et quoi encore ?! J'ai beau leur dire qu'elle ne fera pas la *charmouta,* que ce n'est pas dans son tempérament, ils ne me croient pas, ils subissent son chantage et la laissent faire ce qu'elle veut. Et moi ? Qu'est-ce que je vais faire, moi ? Je perdrai ma chance de me marier avec un homme respectable qui a toutes les qualités que je recherche ? Tout ça parce que mademoiselle veut faire du théâtre ! C'est intolérable. Nous sommes pris en otage par Ikram, ma sœur, la fatigante, que je giflerais sur ses deux joues de bébé gâté, à qui je botterais ses fesses d'artiste qui ne peut pas vivre sans son art. Mais tu nous fais chier, la pucelle ! Tombe amoureuse, et on verra bien si ton mari te laissera faire du théâtre.

Azziz a fait sa demande en grand. Son père, sa mère, son frère et même sa sœur aînée sont venus en visite officielle pour l'accompagner. Ils sont arrivés avec des cadeaux, que personne n'a ouverts en leur présence parce que ça ne se fait pas, et tout le monde était assis bien droit, cérémonieusement, comme il se doit pour une demande en mariage. Ils sont originaires d'un gros bourg à trois villages du nôtre et ils ont une maison à Achrafieh. Azziz est avocat. Je suis tombée amoureuse de lui la minute où je l'ai vu. Et lui de moi. Son bureau est à deux pas du magasin où je travaille. Bien sûr que je ne travaillerai plus. Bon. Mais ça m'a fait tout drôle quand il me l'a signifié comme une évidence. Eh bien soit ! je me reposerai, tout le monde dit que je travaille trop, il sera temps de leur donner raison.

Inutile de préciser que ni Adib ni Ikram n'étaient présents ; ces deux-là, sans même se consulter, commettent les mêmes impolitesses, sans aucun remords, c'est très simple, ils se croient tout permis. Daoud n'était pas là non plus, il a au moins pris la peine de trouver un semblant de prétexte, un travail à remettre ou je ne sais quoi. Les deux plus jeunes ont déguerpi très vite, et mes parents avaient une tête d'enterrement. J'avais envie de leur dire : mais forcez-vous un peu, c'est de l'avenir de votre fille qu'il s'agit. Pour me demander d'accomplir des prouesses et leur dénicher tout ce dont ils ont besoin, téléphone, gaz, électricité, permis pour ci, permis pour ça, je deviens importante à leurs yeux, mais au fond ils s'en fichent de moi, de mon bonheur, de mon avenir, ils se préoccupent seulement de l'humeur de ma sœur, qui les fait marcher au doigt et à l'œil, l'égoïste !

Eh que je commence à la détester, elle ! On s'est éloignées beaucoup depuis deux ans, mais là, je n'ai plus d'amour pour elle. Je m'emporte, je le sais. Mais elle me tombe sur les nerfs royalement. Si au moins mon père finissait par jouer son rôle de roi offensé par sa princesse et mettait un terme à ce jeu ignoble qu'Ikram joue, tout le monde serait content. Même elle, je crois. J'en suis presque sûre.

Encore intacte, ma sœur, je ne sais pas. Et moi ? Quand il verra que je ne le suis plus ? Ma sœur comédienne et prostituée, et moi dépouillée de mon voile de pureté. Qui dit mieux ?

21

Youssef

Mon cousin Anouar est venu me voir. Il m'a dit : Youssef, je ne sais plus quoi faire. Il a attendu que la boutique soit vide de clients. On ne peut jamais prévoir, à moins de dérouler la porte en fer, mais mon cousin ne voulait pas que je le fasse. Je ne l'ai jamais vu si troublé, si indécis. Il a dit : je n'aurais jamais dû la laisser faire quand elle était petite, maintenant elle est plus forte qu'un cheval, plus rien ne l'arrêtera. Je ne comprenais rien à ce qu'il racontait. Il m'a dit : laisse, je te dirai tout ce soir, en attendant, je monte voir ma tante. Et il a disparu.

J'avais hâte que cette journée s'achève. Heureusement, mon frère est arrivé plus tôt de son travail, je lui ai demandé de me remplacer, et j'ai monté les cinq étages à pied. Quand je suis entré chez moi, il n'y avait aucun bruit et ma mère se tenait près de la porte pour prévenir qui entrait de ne faire aucun bruit pour ne pas réveiller son neveu qui dormait. Il a toujours été comme cela, mon cousin, il dort quand il a des problèmes à résoudre. Un signe de bonne santé, disent les anciens, mais moi, j'ai laissé ma boutique et j'aimerais bien savoir ce qui se passe. Pendant que je chuchotais quelques mots à ma mère, il s'est réveillé et ma mère a couru nous faire un café.

Il avait bien fait de dormir. Il m'a tout raconté clairement du début à la fin. Rien ne m'a surpris. Je savais tout cela. Changer de pays n'est pas facile, mais on dirait que mon cousin est plus naïf qu'il y paraît. Il pensait fermer la page définitivement et en ouvrir une autre ici. Erreur. Souvent, il prend ses souhaits pour la réalité. Au Canada, il a laissé ses filles libres, et maintenant il veut serrer la vis. Faïzah veut se marier avec un garçon qui vient d'une vieille famille qui l'horripile, une famille riche et hautaine qui se prend pour la main droite de Dieu. Pour mon cousin, l'humour est très important. Il déteste tout ce que ce garçon et sa famille représentent et il sait que sa fille va être malheureuse quand elle se réveillera, mais elle ne l'écoute pas, elle n'en fait qu'à sa tête, comme elle a toujours fait là-bas. Voilà le résultat.

Pour Ikram, c'est encore pire, elle veut poursuivre sa carrière d'actrice. C'est vrai qu'il l'a toujours encouragée, mais il le regrette amèrement. «Tu sais, Youssef, Ikram n'attend qu'un mot de moi. *Charmouta!* Elle a dit *charmouta* devant moi, son père. Elle m'a regardé dans les yeux : "Si tu ne veux pas que je fasse mon métier, mets-moi à la porte, je n'attends que ça." Elle sort tout le temps et rentre tard, et je ne dis rien, parce que je ne sais pas quoi dire. Elle me mène par le bout du nez, elle sait que je mourrais de honte de savoir que ma fille fait la rue. *Charmouta*, mon Dieu, Youssef, qu'est-ce que je vais faire ? Aide-moi ! »

J'ai pris le temps de réfléchir et puis j'ai dit : « Laisse-la faire son métier. C'était bon là-bas, c'est moins bon ici. Elle va s'en dissuader toute seule. Laisse-la faire. Et dis-lui que tu as changé d'idée. Parce que tant qu'elle se battra contre toi, elle aura du courage pour continuer. Crois-moi, quand tu lâcheras la bride, elle verra bien d'elle-même que ce n'est pas valorisé du tout en ce pays et elle passera à autre chose. C'est ton histoire avec la famille du futur mari de Faïzah qui me fait peur. Il serait du genre à sortir le drap taché de sang et à l'exhiber… pour montrer son emprise sur elle…

— Oh mon Dieu, Youssef, ne parle pas de malheur ! Mais tu n'as pas tort, c'est exactement ce type d'homme imbu de lui-même et de ses ancêtres à la noix. Où l'a-t-elle trouvé ? Ah Dieu, pourquoi suis-je revenu au pays ? En plus, je suis en train de tout perdre ce que j'ai apporté. Mais l'argent, à côté de ce que mes filles me font vivre, ce n'est rien du tout ! »

Et puis il m'a dit abruptement : « Tu as deux filles, que Dieu les garde, ne pars jamais de ce pays, mon cousin, ne mène jamais tes filles en dehors d'ici. Les rapatrier sera trop difficile. Les filles ne reviennent pas en arrière, elles continuent d'avancer. C'est ça, le malheur. Mon Dieu, dans quel bourbier je me suis fourré ! »

Ma mère était venue s'asseoir sans bruit et nous écoutait, puis elle a dit: «S'il n'y a pas de mort, Dieu soit loué, tout le reste n'a pas d'importance, tout est passager, ô fils de mon frère, tu trouveras ce que tu dois faire. Tu trouveras. Mais tu as raison, Anouar, on ne revient pas en arrière.»

22

Ikram

On dirait que mon père a remisé sa mauvaise humeur. Il ne me regarde plus de travers quand je sors ni quand je rentre. Il a l'air de vouloir faire la paix, sans savoir comment s'y prendre.

Ma mère, c'est la même chose, son visage est redevenu plus doux. Mais elle sait mieux comment renouer. Elle me demande d'aller étendre le linge sur le toit, d'aller le chercher et de le plier, de mettre la table, des gestes quotidiens que je fais sans trop montrer que je suis contente.

Mon père cherche et ne trouve pas.

Ils veulent se réconcilier avec moi sans perdre la face.

Que s'est-il passé pour un tel revirement ?

Les parents parfois ont plusieurs tours dans leur sac pour arriver à leurs fins. Est-ce que je peux être sûre qu'ils ont reconnu leurs erreurs ou est-ce une nouvelle façon de me rattraper ?

Je pourrais faire un effort, aller voir ce qui se trame, leur faciliter un peu la vie… On dirait que j'aime ce pouvoir que j'ai.

Je suis devenue méchante. Ils m'ont fait souffrir, tant pis pour eux. J'avoue que j'ai un peu honte de moi. Je ne me reconnais pas. Est-ce que c'est ça, tuer le père ? Ne plus s'en vouloir de lui faire de la peine, se détacher de lui, devenir une personne à part entière ? Autonome ?

Le tuer, oui, symboliquement, je le peux, mais je ne peux tuer ce qui, en moi, lui ressemble tant : ma naïveté dans ma façon de ne pas déceler le mensonge, de croire à la bonté des autres jusqu'à preuve du contraire. Je ne reconnais pas les manigances, et je me fais prendre chaque fois.

Mon père a perdu beaucoup d'argent, auprès de plusieurs personnes, et moi, deux rôles au cinéma et un à la télévision. Pour la télé, ça ne m'a pas trop dérangée, mais pour les deux films, ça m'a mise dans tous mes états. Je m'en voulais de ma crédulité. Je pensais avoir appris comment faire après le premier film, qu'on m'a promis puis retiré, mais non, avec le deuxième, ç'a été pareil et même pire, parce que j'aurais dû me méfier encore davantage. Les gens sont des menteurs. Ils mentent comme ils respirent, si bien qu'on les croit. On se laisse berner, on se fait avoir à tout coup.

J'ai eu beau leur répéter : « Vous êtes sûr, le rôle est à moi ? Il n'y aura pas de changement de dernière minute ?

— Mais quel changement ? Le producteur te veut, l'acteur principal est content et moi, ton réalisateur, aussi. Bien sûr qu'il est à toi, le rôle. Je t'ai apporté le scénario. Il est là devant toi.

— Un scénario, c'est un scénario, ça ne me dit pas que j'ai le rôle. J'aimerais avoir un contrat.

— Un contrat, mais tu veux rire ? Il n'y a pas de contrat, nous sommes au Liban, ici, tu l'oublies ?

— Je le sais que nous sommes au Liban, tout le monde me le répète comme si c'était possible de l'oublier !

— Alors, tu sais bien que personne ne signe de contrat, ici. Mais pourquoi veux-tu un contrat ? Les contrats, c'est des histoires inventées par les Américains, *bullshit*, tout ça, puisque tout le monde te veut, c'est ça, le contrat, la parole donnée, c'est tout !

— Donc, j'ai votre parole.

— Mais oui, bien sûr que tu as ma parole. Tu as la parole du producteur. Tout baigne ! On commence à tourner dans une semaine, dix jours maximum. Tu vas donner la réplique au plus grand acteur du Liban, qui est content de jouer avec toi parce que tu viens du Canada. Tu as de la chance ! Tu as le plus joli rôle ! Avec ce film, c'est Cannes presque assurément, en tout cas, Berlin. À nous la gloire ! »

Faut être un peu fou pour vivre en ce pays.

Eh bien oui, c'était un très joli rôle, sauf que ce n'est pas Ikram Abdelnour qui l'a personnifié sur grand écran, le producteur ayant imposé au réalisateur sa nouvelle protégée, même pas actrice par-dessus le marché ! Bien sûr, le producteur m'avait lui aussi donné sa parole devant son réalisateur, qui avait en un sourire complice et satisfait : tu vois, je te l'avais bien dit.

Bande d'amateurs sans contrat sans parole sans talent!

Dans un sens, je suis contente de ne pas avoir fait partie de ce film. J'ai lu le scénario et, à moins d'être réalisé par Fellini, ça sera un mauvais film. Cela n'empêche pas que je me sente inadéquate. Je n'arrive pas à saisir comment les choses se font et se défont, je n'arrive pas à déceler les intentions imbriquées dans les mensonges ni à percevoir la logique interne de cette société dans laquelle j'essaie de vivre. Je suis constamment flouée, refoulée dans l'étrangeté de ma situation, de celle qui ne comprend rien à rien.

Je ne rencontre que des amateurs. Dans le mauvais sens du terme : incompétence, négligence, laisser-aller, manque de talent, aucune formation ni rigueur et encore moins de conscience. En plus, ils se prennent pour des professionnels, se pètent les bretelles et s'improvisent sans gêne dans n'importe quel métier artistique.

Je suis fatiguée de pédaler dans le vide.

La création de la pièce de Naccache au Théâtre de Beyrouth était de qualité, un travail minutieux et inspiré de professionnels talentueux, mais les autres pièces dans lesquelles j'ai joué frôlaient l'amateurisme. Et je ne parle même pas de la télévision…

Peut-être que c'est ça que mes parents ont compris avant moi. Être comédienne au Liban, c'est une farce et non pas un métier. En plus de ce marasme, nous, les actrices, sommes considérées comme des moins que rien, des filles faciles, des putains.

J'ai envie de pleurer.

Je ne compte plus les mensonges qu'on me sert tous les jours, je n'y arriverais pas. Le mensonge est endémique, il fait partie du pays comme la mer, la montagne et le ciel toujours bleu. Mais il n'y a que moi qui appelle cela mensonge. C'est juste une manière de dire les choses ou de ne pas les dire. Encore faut-il comprendre ce langage. Par exemple, quand j'ai voulu passer une audition pour devenir speakerine à Radio-Liban, combien de fois je m'y suis rendue pour rien! «On ne peut pas vous recevoir aujourd'hui, revenez demain», alors qu'on m'avait donné rendez-vous.

Et le lendemain, c'est la même rengaine...

Les innombrables allers-retours entre Horsh Tabet et Hamra, où est située la radio, je ne les compte plus. J'ai été élevée au Québec, où un rendez-vous que l'on prend, que l'on donne, est un rendez-vous que l'on honore. À moins d'un imprévu.

À la radio publique, il n'y a que des imprévus et des fonctionnaires. Et qui dit fonctionnaire dit piston. C'est ce que j'ai compris, après des dizaines de rendez-vous non respectés.

Je n'ai pas de piston, *wasta*, ces deux syllabes si douces à l'oreille...

Le plus haut placé des fonctionnaires qui aurait pu m'engager comme speakerine, c'est le directeur des programmes. C'est lui qui me fait poireauter, lui et ceux qui le servent, son portier, son cafetier et le plus rusé de tous, son secrétaire. Comment ces gens-là arrivent-ils à nous mentir en nous regardant en pleine face? C'est ce qui m'étonnera toujours. En entendant la classique «Au nom de Dieu, sur la tête de mon fils, ce que je te dis est la vérité», je peux être certaine que c'est un mensonge et que le lascar a même imploré Dieu de l'aider à me tromper.

Je ne connais personne qui pourrait lui manger la tête à ce directeur des programmes pourri, à défaut de lui arracher les couilles, comme dit mon père, qui lui-même se fait constamment manger la tête par des gens aux mensonges scintillants.

Mon père et moi sommes de nature crédule, ici les gens comme nous, on les appelle des «idiots», et avec raison. Faire confiance est une vilaine habitude. Nous ne savons pas reconnaître d'emblée le vrai du faux, l'hypocrisie, la fourberie, le bluff, surtout quand ils sont commis par des professionnels du mensonge – c'est-à-dire tout le monde ou presque.

Même les menteries d'usage courant finissent par nous empoisonner l'existence et user nos nerfs.

23

Adib

Beyrouth s'est figé, le Liban est tout d'un bloc, le monde arabe habitué à la chaleur de juin a encore plus chaud que d'habitude. Tout s'est arrêté. Nous sommes coude à coude rivés à nos postes de radio et nous attendons.

Nous n'avons pas peur qu'Israël bombarde le Liban. Nous sommes une quantité négligeable pour Israël, pour les pays arabes, pour le monde entier. Non, nous n'avons pas peur pour nous, mais pour l'Égypte, la Jordanie et la Syrie.

Nous le savons grâce aux journaux que l'Égypte se trouve en première ligne à cause du détroit de Tiran qui est, entre autres, l'objet de cette guerre, Nasser ayant annoncé le blocus, en plus d'une prise de parole à l'ONU qui en a dérangé plus d'un.

Les Arabes ont l'humiliation en horreur. «Il m'a noirci la face», on l'entend souvent dans la vie quotidienne, la moindre humiliation et ils voudraient se cacher pour toujours, tellement ils ont honte.

Les Juifs, eux, ont peur de la persécution. Leur histoire ancienne et récente l'explique aisément.

Les Arabes et les Juifs, je les comprends, quand le coup se répète pour une personne ou pour un peuple, la peur s'installe. J'en sais quelque chose. Après trois crises successives, même si je n'en ai pas eu depuis quatre ans, j'ai encore la crainte de décoller de terre, de m'envoler et de me retrouver tête première, le nez dans la merde. Chacun sa hantise, son obsession, sa manie, sa peur, son angoisse, son traumatisme, sa psychose, son délire, comme on veut, on l'appelle…

Les Israéliens, par contre, ont changé la donne. La peur de la persécution, ils l'ont remisée, et c'est maintenant eux qui attaquent, qui prennent des territoires qui ne leur appartiennent pas. Avec mon professeur et ami Ara Hagopian, nous avons beaucoup parlé du sionisme et de ses branches terroristes, la Haganah, l'Irgoun et j'en passe, et du chemin qui a mené à la création de l'État juif en 1948.

Un beau jour, disait Ara, le Juif persécuté deviendra l'Israélien d'Israël bien établi chez lui, et c'est ainsi que la victime subrepticement deviendra le bourreau. Pour pouvoir continuer à exister, son arrogance devra à tout prix prendre de l'ampleur, sinon son sentiment de victime reviendra le hanter.

Si tu veux la paix, prépare la guerre, disaient les Romains, les Israéliens approuvent et ajoutent: si tu veux la terre, prends-la. Avec la bénédiction des grandes puissances, bien sûr.

Les Israéliens doivent se sentir encerclés par une mer d'Arabes, même s'ils devaient s'y attendre en venant s'implanter de force en Palestine ! À l'époque, les Arabes auraient pu agir, ils n'ont pas levé le petit doigt pour protéger les Palestiniens. On dit souvent «les Arabes», mais les Arabes n'ont jamais été unis, il y a des tentatives qui ont foiré, chacun tire la couette de son côté et se lance dans de beaux discours. Ah ça! pour parler beau, ils sont des maîtres, les Orientaux, mais pour parler vrai, c'est une autre paire de manches!

L'Égypte est le plus grand pays arabe. Nasser est le président de la jeune république égyptienne, le deuxième président depuis que la royauté a pris la fuite, ainsi que tous ceux qui étaient contre ce coup d'État. Certains ont immigré au Canada, d'autres en France, ou même dans leur pays d'origine, le Liban, qui ne s'appelait pas le Liban à l'époque où ils l'ont quitté. Depuis que Gamal Abdel Nasser est président, il est le héros de mon père, qui l'aime comme c'est pas permis, tout autant que le peuple égyptien adore son raïs.

Qui pouvait prévoir que Nasser allait se faire charcuter vif à un moment ou à un autre? C'est vrai qu'il avait mis les Israéliens en colère, il l'avait bien cherché en s'affirmant un peu trop fortement à leurs yeux, mais on ne s'attendait pas à une réponse si rapide, pas de ce côté, pas de cette manière si radicale. Moshe Dayan lui a fait l'entourloupe du siècle en attaquant l'Égypte au petit matin avant même qu'il soit réveillé, et en détruisant d'abord les avions égyptiens.

Les Israéliens avaient besoin d'étendre leur territoire et c'est ce qu'ils ont fait.

Nous sommes bouche bée et pourtant nous lisions les journaux, nous savions bien que quelque chose se préparait, mais personne n'avait prévu l'ampleur de la violence, ni les vies et les terres perdues.

Un Arabe aime mieux mourir que d'être humilié. Du côté des morts, les Égyptiens sont servis, ce qui n'empêche pas que l'humiliation d'avoir été pris les culottes baissées est dure à avaler et qu'elle restera longtemps dans nos mémoires.

Nasser a démissionné. Mais son peuple est descendu dans la rue, il ne voulait pas le laisser partir, alors Nasser a repris sa place. Sa peine doit être incommensurable, et il ne peut pas la montrer. Garder la tête haute, ne pas s'avouer vaincu, les politiciens sont des champions, mais l'homme, lui, Gamal, doit être intérieurement aussi défait que mon père.

Les guerres ont quand même quelque chose de bien : elles unissent les familles. Personne ne sort. Ni travail ni école, nous mangeons ensemble et discutons. Nous descendons chercher du pain chez Abou-Nazih, c'est à peu près tout ce qu'il y a à acheter. Nous, les Abdelnour, grâce à notre mère qui a vécu plus de la moitié de sa vie dans un village, qui est habituée à garnir son garde-manger de quantité d'aliments de base – farine, bourghol, lentilles, riz, des olives délicieuses, oignons, ail, huile d'olive, beurre et bien sûr fromage, qu'elle fait en abondance et qu'elle met dans d'énormes jarres pleines d'huile –, nous pourrions tenir en guerre pendant un bon moment. Même le pain, maman sait le faire, pas aussi délicieux qu'au village, mais quand même bon. Bien sûr, la verdure très vite nous manquerait.

Au Liban et dans les pays comme le nôtre, ou tu es pour ou tu es contre, tu ne peux pas m'aimer si tu n'es pas politiquement avec moi. Quand on a un ennemi commun, c'est idéal. Le pire, c'est quand un clan, un pays, une famille, une communauté se met à se faire la guerre. Une guerre civile, c'est atroce, parce que la folie et la haine s'emparent des têtes et grugent les cœurs sans que tu saches pourquoi, et l'escalade se fait malgré toi, tu peux aller jusqu'à tuer ton propre frère que tu aimais si fort.

Pour cette guerre-ci, on est tous contre Israël, et ceux qui ne le sont pas n'ouvrent pas la bouche. Aussi simple que ça. Personnellement, je n'en connais pas. La guerre rassemble. On peut avoir des idées divergentes, s'engueuler, discuter, critiquer, mais quand la guerre est là, on se serre les coudes, c'est tout.

Cette guerre-ci, on l'a très vite appelée la guerre des Six Jours, parce que c'est exactement ce qu'elle a duré, et pourquoi chercher midi à quatorze heures?

Un vrai ravage.

Une calamité.

Une guerre qui en appelle une autre, c'est certain.

24
Ikram

Ma sœur veut mourir. Elle s'est arrachée des bras de mon père et a couru vers le balcon. Mon père l'a attrapée tout juste. Sa tête était déjà dans le vide.

Je croyais rêver.

Je sors de ma chambre. Réveillée par des voix d'hommes que je ne reconnais pas. Je suis en chemise de nuit. Que font ces gens dans notre maison ? J'entends le cri de ma sœur. Les portes vitrées sont grandes ouvertes, elle arrive à la vitesse de l'éclair sur le remblai en ciment. Je ne vois pas sa tête. Mon père la tire vers l'arrière et elle résiste. Elle veut sauter.

Ma mère crie et la retient de l'autre bras. Je crie sans comprendre. Je hurle. Allez-vous-en ! Allez-vous-en ! Les deux hommes ne bougent pas, ils sont debout et attendent le dénouement.

Mes frères sont là. Aussi abasourdis que moi. Que sommes-nous en train de vivre ? Ma sœur veut se tuer. Notre sœur veut mourir.

« Qu'avez-vous fait à ma fille ?

— Votre fille, monsieur Abdelnour, n'a pas été sincère avec nous.

— C'est toi qui n'as pas été sincère. Tu m'as trahie, fils de chien.»

Je ne comprends pas. Je ne comprends rien. Ma sœur vient d'appeler fils de chien celui qu'elle aime et avec qui elle va se marier. Je rêve. Ma sœur veut mourir quelques jours avant son mariage. J'ai lu trop de tragédies, ces derniers temps. Ça m'embrouille la tête.

«Sortez de ma maison, dit mon père. J'ai répété à ma fille que cette alliance avec votre famille n'augurait rien de bon. Si elle m'avait écouté, on n'en serait pas là. Vous êtes exécrables, imbus de vous-mêmes. Sortez!

— Je ne partirai pas avant que votre fille m'ait redonné tous les cadeaux que je lui ai offerts, dit le fiancé.

— Je vois bien là votre petitesse», dit mon père.

Ma sœur se rue sur son fiancé, lui flanque des coups, lui arrache une poignée de cheveux.

«Ne le touche pas, crie ma mère, cet homme est dégoûtant.

— C'est votre fille qui est dégoûtante! Elle est impure. Impure!» profère le père du fiancé.

Mes frères et mon père se jettent sur les deux impudents. J'ai vu des scènes semblables au cinéma, je n'en crois pas mes yeux, ça se passe dans notre salon à Horsh Tabet, et non pas dans un saloon du Far West.

Les deux hommes sont poussés vers le corridor. Les voisins ont ouvert leur porte: qu'est-ce qu'il y a, qu'est-ce qui se passe?!

«Des voleurs et des menteurs, dit mon père. Des hommes sans honneur qui se croient puissants, qui ne connaissent de la grandeur et de la force que ce qui écrase le plus faible. Ils sont à l'image de ce qu'il y a de plus vil dans notre pays. Ma fille l'a échappé belle. Grâce à Dieu. Elle est sauve.»

Les deux bonshommes n'attendent pas l'ascenseur, ils déguerpissent par l'escalier après avoir ramassé les bracelets et colliers en or que ma sœur leur a lancés en plein visage. Nos voisins rentrent et nous aussi. Nous nous asseyons au salon. Faïzah fulmine. On sent l'intensité de sa colère, mais aucun mot n'arrive à sortir de sa bouche.

Mon père n'arrête pas de parler. Jusqu'à maintenant, il est du bord de sa fille et la défend. D'un côté, nous sommes tous contents que ce soit fini avec cet homme exécrable et sa famille, mais de l'autre, un brûlot vient d'être jeté au beau milieu de notre salon. «Impure», ça veut dire souillée, dévirginisée, tout le monde sait ça. Ma sœur n'est plus vierge, et c'est la cause de la rupture des fiançailles. Comment est-ce arrivé, comment l'a-t-il su? Mystère. Et je sais que cette question ne sera pas soulevée par mes parents. Elle restera dans le domaine de ce qu'on dit sans mots, de ce qu'on signifie sans nommer. Le secret et le silence planeront, et Faïzah sera encore plus malheureuse.

Je suis écœurée.

Je suis fatiguée de cette mentalité, de cette farce grossière qui se joue avec nos corps. J'en ai marre. Je ne veux plus être vierge. Ne serait-ce que pour faire un pied de nez à cette mascarade.

Je n'en peux plus de ces yeux possessifs et malsains, j'en ai assez de ces regards qui se vautrent sur mon corps. Je n'en veux plus de ces yeux qui glissent sur moi et qui ont juste envie de me déflorer. Je n'en veux plus de cette fleur immonde. Elle me dégoûte tout autant que votre regard visqueux. Chaque regard de chaque homme que je croise me dit je veux te baiser. Et je baisse les yeux. Et je me ferme et je disparais. Je suis épuisée. Je n'en peux plus de baisser les yeux. Je suis tannée de cette guerre des sexes, qui a toujours le même gagnant.

Jusqu'à quel âge une femme se fait-elle regarder de cette manière ? Est-ce que ma mère aussi se fait regarder dans la rue, est-ce qu'elle baisse les yeux, elle aussi, est-ce qu'elle a, elle aussi, l'horrible sentiment que l'homme qui la regarde lui rentrerait son sale engin sans ménagement, avec un plaisir sadique, juste pour la posséder, pour lui montrer sa supériorité ? Est-ce qu'une vieille femme est enfin délivrée de ces regards grossiers, est-ce qu'elle arrive un jour à goûter un peu de paix, sans que le sexe maudit soit toujours au centre de tout ? Jusqu'à quel âge une femme a-t-elle besoin de faire attention sans relâche ? Est-ce que je peux parler de ça à ma mère ? À ma sœur, qui a failli mourir pour cette chose que je voudrais arracher de mon corps ? Mais non. Tout doit et va rester caché. Secret. Tabou. Camouflé. Dissimulé. Banni. Je sais qu'elle restera muette. Je sais que sa blessure est inguérissable parce que ce vaurien a dévoilé ce qui jamais n'aurait dû l'être.

J'en ai ras le bol du secret, de ce voile de pureté moyenâgeux, de cette société féodale aux mœurs arriérées. MÉTAPHORE

Je ne veux plus être vierge. MÉTAPHORE

Je ne veux plus de ce poids social entre mes cuisses, de cette virginité malsaine qui a fait souffrir tant de femmes, qui les fait encore souffrir. Pour rien. Je veux dire à ma sœur : tu t'en fais pour rien, Faïzah, pour rien. Je ne suis plus vierge moi non plus, et je m'en fous !

Je vais me débarrasser de ce morceau de chair, de cet encombrement que la société a inventé pour nous brimer.

Ce sera mon mai 68 à moi ! Ah que j'aimerais être à Paris avec les étudiants.

Je ne sais pas avec qui en finir. Si Tadeus n'était pas parti en Amérique, c'est à lui que je le demanderais. Il l'aurait fait, même s'il aime mieux les caresses. Je pourrais solliciter l'aide de mon ami poète, qui n'est pas très porté sur la chose ni sur le féminin, mais qui sait ? l'expérience de dépucelage pourrait l'amuser et lui inspirer quelques poèmes.

L'idéal serait de faire un beau doublé… avec mon peintre. En finir avec ma virginité, mais le faire avec un homme qui me plaît terriblement. Dommage, je n'arrive pas à le retrouver. Je me sens déjà toute humide juste à y penser, il fait si chaud dans cette maison. Dormir après cette tragédie grotesque, je ne sais pas comment ma sœur va faire… Je vais monter sur la terrasse prendre un peu d'air.

Adib est déjà sur le toit, adossé au cabanon. Je ne suis pas surprise de le voir, lui non plus. Je m'assois à côté de lui.

Nous regardons le ciel étoilé en silence. Adib prend une cigarette.

« Est-ce que tu penses que nous avons bien fait de revenir au Liban ? dit mon frère.

— Ici, c'est si difficile d'être une fille, ici, le masculin l'emporte toujours sur le féminin, comme dans la langue française : s'il y a cent femmes et un cheval, on doit tout accorder au masculin pluriel.

— Et s'il y a deux ânes et une Faïzah, ça s'accorde comment ? »

Je sens jaillir mon rire. Adib rit aussi. Des rires nerveux, mais ça nous fait du bien. Il y a un long silence, et me reviennent des bouts de la scène ridicule, puis Adib ressort son paquet de cigarettes. Il fume des libanaises, c'est moins cher.

« Passe-moi donc une cigarette, que je lui dis comme pour noyer ma peine, à défaut d'un grand verre de vin.

— Non, il me supplie, ne commence pas à fumer !

— Je veux une cigarette.

— Non, je te dis. Tu ne sais pas dans quoi tu t'embarques. Je me lève la nuit pour fumer. Je te le dis, c'est une drogue puissante, ce sera plus difficile d'arrêter de fumer que de partir de ce pays. Alors le mieux, c'est de ne pas y toucher !

— Ce serait de ne pas être venu, tu veux dire ! »

25

Faïzah

Comment ai-je pu l'aimer? Comment ai-je pu lui faire confiance? Comment ai-je pu imaginer qu'il serait un jour le père de mes enfants? Je ne suis pas née de la dernière pluie, j'ai de l'expérience, me tromper de la sorte, c'est épouvantable, c'est indigne de moi, de ce que je pensais être, de ce que je ne suis plus. La faute de qui se croit intelligent est plus dévastatrice et plus grossière que celle de n'importe qui. Stupide sotte imbécile ridicule, c'est moi. ACCUMULATION

J'ai voulu mourir. Je ne sais plus si c'était à cause de mon erreur, de mon amour perdu, de ce monde qui s'écroulait sur ma tête, de cette trahison, mais c'était sûrement à cause de ma honte devant mes parents qui m'avaient toujours fait confiance.

Mon père et même ma mère me répétaient: fais attention, les hommes sont malins. Mais lui, je l'aimais. Lui n'était pas malin, lui n'était pas comme les autres, lui je l'aimais et il m'aimait.

J'étais redevenue idiote comme toutes les filles qui aiment. Je m'en veux. J'ai mal pour nous. Toutes les règles élémentaires dont on nous a bourré le crâne éclatent et disparaissent au moment où nous aimons. Idiotes stupides sottes imbéciles ridicules, c'est moi et toutes celles qui aiment.

J'aurais dû garder la barre haute comme je le faisais avec tous les autres qui me désiraient jusqu'à se manger les doigts et les couilles. Mais je l'aimais, lui. Et ma confiance en lui était totale et entière.

Le moment où j'ai voulu mourir était plus que vrai. Je ne voulais plus vivre dans ce monde où l'amour était piétiné.

Il m'a déclaré son amour et m'a dit qu'il voulait que je sois sa femme. Il était si différent de ceux qui nous serinent de mots que l'on connaît par cœur pour profiter de nous. Lui non, il ne voulait pas profiter de moi, il me respectait, il n'a rien tenté pour me corrompre avant le mariage, il m'aimait et voulait demander ma main, et moi, naïve idiote stupide sotte imbécile ridicule, comme je l'aimais, je lui ai tout avoué : je ne suis pas vierge. Je me souviens qu'il y a eu un léger changement dans son attitude. Il s'est levé pour aller aux toilettes. Il est revenu presque souriant. Mais quelque chose s'était passé en lui. Aurais-je dû attendre ? Aurais-je dû faire semblant, et jouer la fille pure et intacte jusqu'à ce que le mariage soit consommé ? Je ne voulais pas être malhonnête avec l'homme que j'aime.

C'est là, exactement là qu'elle est, mon erreur : j'ai fait confiance en oubliant que, pour l'Oriental, la volonté de posséder une vierge, et même plusieurs, fait partie de sa culture, de ses rêves, de ses désirs les plus profonds, qu'il soit musulman ou chrétien ne change rien. Je lui ai fait confiance en ne tenant pas compte que l'homme oriental, quel qu'il soit, amoureux ou non, veut être le premier. Le premier en tout.

Aurais-je dû me taire ? Aurais-je dû mentir ?

J'ai envie de vomir à nouveau. Et lui, est-il vierge, lui, le fils de chien ? A-t-il couché avec une seule femme, lui, comme moi avec un seul homme ? Combien de filles naïves a-t-il déflorées ? Combien de fois a-t-il joui en elles, sans conséquence, puisque le masculin, lui, est toujours vierge ? Combien de fois son zob a-t-il traversé les interdits ? Combien de fois sa verge a-t-elle foncé dans l'antre des filles, exploré les lieux sans peur d'une grossesse, en fourrageant en plein cœur des amoureuses, qui frôlaient l'extase et ne désiraient que le mariage. Ridicule ! Même poser ces questions est ridicule !

J'ai le cœur au bord des lèvres, le désespoir m'envahit. Le vomir, enfin. Le vomir.

Quand il a révélé mon secret devant mes parents, j'ai senti la fin de ma vie arriver.

Au lieu de m'effondrer, je me suis jetée dans le vide. Et j'aurais voulu y tomber. Un couteau dans le cœur, ce n'est pas que des mots. J'ai senti l'acier froid me trancher le cœur, j'ai senti la fin. Et je voulais qu'elle vienne vite. En même temps, jamais je ne l'avais éprouvé, cet amour si fort, si grand de mes parents, qui tenaient à moi. Qui me tenaient. Au moment où j'ai senti leurs deux bras, leurs deux mains, j'ai eu le sentiment très clair que je leur appartenais, qu'ils m'aimaient profondément et que ma mort les tuerait. Puisque je n'avais pas encore d'enfants, j'appartenais à mon père et à ma mère. C'est étrange comment une seconde, une fraction de seconde peut changer complètement notre vision du monde. Ou la rétablir, la remettre à l'endroit.

À cette même seconde, j'ai su que cet homme vil et sans loyauté ne m'avait jamais aimée.

Mes parents me l'ont répété, chacun de son côté ou ensemble : ma fille, ce n'est pas un garçon pour toi. Il va faire de toi sa servante. Il ressemble à sa famille. Ces gens-là n'ont aucun respect pour personne, ce sont des tyrans. Ils s'accrochent à leur gloire passée et s'imaginent encore au temps de l'Empire. Nous les connaissons de réputation depuis bien avant notre départ pour le Canada. Mon arrière-grand-père, le patriarche des Abdelnour, a eu affaire à eux une seule fois, et c'était une fois de trop. Crois-moi, ma fille.

Et moi, je persistais, je n'écoutais pas ce qu'ils savaient.

Parfois il était arrogant et hautain, jamais avec moi, mais avec les marchands, en parlant de ses collègues et de ses concurrents. Il méprisait les gens. Il m'a dit un jour : je ne vais jamais aux fêtes de mes subalternes. J'aurais dû sursauter, juste à entendre ce mot ! Mais non. L'amour nous rend idiot. Je le sais maintenant.

J'ai pleuré toute la nuit. J'aurais tant aimé le haïr. Le haïr. Le haïr.

Je le haïssais et je l'aimais en même temps. Idiote, mille fois idiote.

Je n'aurais jamais pensé que j'avais tant de larmes en moi. Quelques secondes de répit, et le flot reprenait plus fort encore. Ma tante Faidé m'a dit un jour qu'à la mort de son frère elle a pleuré sans arrêt jusqu'à ce que ses larmes sèchent et que ses paupières restent collées à ses globes oculaires.

Mes pleurs ont cessé le matin, quand ma petite sœur en se réveillant m'a demandé : pourquoi tes yeux sont gros et rouges, Faïzah ? Je lui ai répondu que je n'avais pas bien dormi. Elle m'a embrassée et m'a dit : dors maintenant, et elle est sortie sans faire de bruit. Belle enfant qui n'a rien entendu des horreurs de cette soirée qui a incendié ma vie.

Mes larmes se remettent à couler. Merde. Merde. Merde. Je le déteste.

26

Ikram

Un fiasco complet. Une grosse farce semblable à ce que le Liban moderne nous fait encore jouer en 1968 !

Dans tout ce Liban viril, qui bande au moindre clin d'œil féminin – je dirais même qu'il est en érection perpétuelle –, j'ai réussi à trouver le seul mâle qui n'y soit pas arrivé. Un poète ! Quelle idée saugrenue de choisir un poète. « Un poète, ma chérie, est en érection au moment où il écrit un vers, une phrase, quand il trouve LE mot qu'il cherchait, voyons, Ikram ! N'importe qui ferait l'affaire, mais pas ton ami poète. Il est très gentil, très drôle sans le vouloir, tu as beaucoup de plaisir à parler avec lui, mais pour baiser… » C'est ainsi que Madame L m'a prévenue, mais elle nous a quand même prêté sa maison à la montagne. « Si c'est avec lui que tu veux t'amuser, vas-y, mais pour en finir avec ta virginité, ma chérie, tu as bien mal choisi ton spécimen mâle. Je l'aime bien, Fadel, mais, je te préviens, ça ne marchera pas. »

En effet, le mâle n'éprouvait aucun attrait pour la femelle, et vice-versa. Bon Dieu ! même un garçonnet et une fillette auraient mieux su quoi faire de leurs corps nus. Nous étions empotés, ridicules et sans désir. J'ai pensé que Fadel aimait mieux les hommes et moi, mille fois mieux mon peintre, que je n'arrivais pas à oublier. Nous avons ri à en pleurer, c'est au moins ça! Projet foireux, ratage hilarant. Fadel qui ne rit pas beaucoup a dilapidé ses rires pour une année ou deux.

Je ne sais pas où est mon peintre, ses amis du café Horse Shoe non plus, personne ne le sait. Parfois je me demande si mon portrait n'a pas été fait par un fantôme, ou peut-être que j'ai tout imaginé, la séance de pose, le studio aux vitres immenses et même les yeux du peintre.

La vierge est restée vierge et l'actrice s'est rabattue sur son métier. Je suis en train de vivre une expérience tout à fait nouvelle et qui me semble de qualité. Pour la première fois, je vais jouer en arabe littéraire, un très beau personnage dans une superbe pièce.

Depuis plusieurs mois déjà j'apprends le rôle de Lorette dans *L'été*, un merveilleux texte de Romain Weingarten, un auteur français. La pièce de théâtre a été traduite par un poète, Ounsi el Hajj. Je l'ai d'abord lue en français pour y comprendre quelque chose et, depuis, je travaille avec le metteur en scène pour mémoriser une langue poétique que je ne sais même pas lire. Je reconnais les lettres, c'est à peu près tout. Les sonorités difficiles pour un étranger, je sais les reproduire. Ce n'est pas comme si j'allais en quelques mois apprendre à jouer une pièce de Tchekhov en russe, mais presque. Le metteur en scène m'a dit que ce n'est pas un arabe classique emphatique, mais poétique et légèrement modernisé pour le théâtre. Je suis encore loin de percevoir ces subtilités. C'est un défi, bien sûr, mais le metteur en scène y croit et moi aussi, même si le travail est immense et beaucoup plus difficile que je le croyais au départ.

J'ai accepté ce périple long et exigeant pour la beauté de la pièce, pour la gentillesse du metteur en scène, et aussi et surtout parce que ce sera la première fois que je jouerai dans ma langue maternelle. Je suis fière, je l'avoue, car pour la première fois mes parents pourront venir me voir, comprendre ce que je dis, et ça me donne du cœur à l'ouvrage.

Depuis des mois, j'y travaille tous les jours, soit avec le metteur en scène, soit avec Adib ; tous les deux sont d'une patience infinie. C'est un rôle extraordinaire, un rôle rêvé pour n'importe quelle comédienne de mon âge. *L'été* est une pièce poétique et surréaliste, parfois drôle, toujours émouvante. Lorette est en scène du début à la fin avec son jeune frère Simon et deux chats. Et ce n'est pas une pièce pour enfants.

Il me reste quelques jours avant le début des répétitions avec les trois autres acteurs. J'ai hâte de les connaître mieux. Le metteur en scène, Brahim Elias, a organisé une rencontre entre nous. Je me suis tout de suite bien entendue avec l'acteur qui joue mon frère

Simon. Il est adorable, il a un rire communicatif. Il veut aller étudier le théâtre à Paris. Pour étudier ou pour autre chose, dans ce pays, tout le monde veut partir, on dirait.

J'ai hâte aux répétitions et j'ai peur. Jouer en arabe littéraire et poétique… et faire vrai… devant les acteurs, oh mon Dieu! Mon répétiteur si patient se transformera en metteur en scène exigeant, et notre salon, en théâtre, où les sonorités arabes prendront de l'ampleur, et mes défauts aussi. Lorette est la sœur de Simon, elle ne peut en aucun cas, sous aucun prétexte, avoir un accent différent. C'est le pari que fait Brahim Elias appuyé par Ikram Abdelnour. Que Dieu leur vienne en aide!

Depuis trois ans que je suis au Liban, je ne suis jamais tombée sur quelqu'un qui ressemble à Brahim Elias. Il est de culture arabe et anglaise, alors que je ne rencontre que des francophones et des francophiles. Il a fait ses études de théâtre en Angleterre. Il comprend le français, mais ne s'exprime jamais dans cette langue. Je parle donc l'arabe avec lui comme avec mes parents, ce qui est exceptionnel. Il ne fait rien comme tout le monde. Sous des dehors très bonhommes, peu remarquables, Brahim Elias est un authentique original. Avant de commencer à travailler avec moi, il a voulu rencontrer mes parents, comme s'il me demandait en mariage. Heureusement qu'ils avaient mis fin à leur bouderie. Il leur a parlé du projet en long et en large et leur a demandé ce qu'ils en pensaient. Je n'avais pas vu mes parents si enthousiastes à mon égard depuis le Canada. En plus, ils étaient enchantés que j'apprenne enfin l'arabe. C'est comme ça que Brahim Elias se retrouve presque chaque jour chez nous depuis des mois avec la bénédiction de mes parents pour me faire apprendre mon texte, corriger mon accent, faire en sorte que tout cela devienne fluide pour que personne ne s'aperçoive que je ne comprends pas les mots que je dis.

Depuis plusieurs mois, ma mère nous fait du café et mon père, quand il est présent, nous écoute avec un journal qui lui cache le visage.

C'est quand il m'a vue en train de jouer une pièce de boulevard en français avec Madame L que Brahim Elias a pensé à monter *L'été* de Romain Weingarten en arabe, parce qu'il me voyait dans le rôle de Lorette.

C'est surtout à cause de la présence de Madame L que je me suis bien amusée à jouer ce boulevard. Mon rôle était petit, je donnais la réplique à Madame L comme tous les acteurs. Non seulement elle jouait le personnage principal, mais elle était au cœur de ce projet. Nous l'appelons Madame L, qui est le nom d'un personnage qu'elle a joué des centaines de fois à Alexandrie, en Égypte. Le nom lui est resté, personne ne l'appelle autrement, ça lui va si bien.

C'était la première fois que Madame L remontait sur scène depuis son départ d'Alexandrie.

Si Brahim Elias est original et qu'il ne ressemble à personne, Madame L est originale, mais on ne peut s'empêcher de penser aux stars de cinéma des années 1930 ou 1940. Avec sa grande culture, son charme et son charisme, c'est une comique romantique et une conteuse hors pair. Dans la vie, elle est aussi passionnante à entendre que sur scène.

Mon rôle était le faire-valoir de Madame L, et j'aimais la faire valoir parce que je la trouve extraordinaire : un talent naturel, elle n'a jamais étudié le théâtre et pourtant j'ai rarement vu ou entendu cette justesse et cette précision du jeu, avec autant de drôlerie et de grâce, sans parler de cette aura qui l'entoure quand elle est sur scène, et même dans la vie. Un auditoire de deux trois personnes suffisait pour que le spectacle commence et que l'on soit suspendu à ses lèvres.

J'adore Madame L parce qu'elle est sincère et vraie, généreuse de son temps et de son argent. Nous vivons dans deux univers, avec tout de même une île qui nous unit : notre amour du théâtre. Et notre tendresse l'une pour l'autre. Elle a l'âge de ma mère, mais elle n'a pas du tout l'instinct maternel, et ça me convient parfaitement. Ma mère en vaut bien deux.

Elle m'invite chez elle très souvent. Parfois pour des soirées avec d'autres comédiens, et des peintres et des poètes. Toujours des festins et des rires. Mais c'est seule avec elle que j'aime me retrouver. Elle me passe des livres de sages chinois, indiens ou arabes que je ne connais pas et qui me font voir la vie autrement. Elle me raconte l'Égypte de sa jeunesse avant Nasser, me parle des livres et des écrivains qu'elle a lus ou rencontrés, du théâtre qu'elle a fait, des pièces qu'elle a vues à Paris et à Londres. Un jour elle a attrapé un livre à côté d'elle et elle a commencé à lire à haute voix. C'était *Bérénice* de Racine. À partir de là s'est installée une jolie tradition entre nous : une ou deux fois par semaine, je passe chez elle, nous cassons la croûte et nous lisons des pièces que nous aimons. Des classiques surtout. Madame L lisant *Phèdre* est une expérience que je n'oublierai pas. J'avais connu Madame L dans une pièce comique et j'étais loin de me douter qu'elle était aussi extraordinaire dans la tragédie.

Si elle vivait en France, je suis certaine que Madame L jouerait dans les plus grands théâtres. Elle m'a dit un jour : «Tu sais, Ikram, je suis une amatrice, dans le sens premier et noble de ce mot, j'aime le théâtre. J'ai de la chance, je n'ai pas besoin de gagner ma vie avec ce que j'aime, comme toi par exemple. Mais tu sais, ma chérie – elle m'appelle toujours ma chérie –, être professionnelle dans ce métier, c'est quelque chose que tu as importé du Canada. Avec ta fougue. Personne ici ne peut se dire professionnel dans le sens où tu l'entends. Faire un métier artistique pour s'exprimer et en même temps gagner sa vie, ça n'existe pas ici. En Égypte, quelques grands acteurs et actrices de cinéma réussissent à vivre de leur travail, au Liban, personne. Même mon petit Michel Chalhoub, à qui je donnais des cours quand il était jeune, qui avait tant de talent, a dû s'expatrier pour gagner sa vie, il a même changé son nom pour Omar Sharif. Je trouve qu'il a raison, ça va mieux avec son visage racé et sa prestance.»

Après un léger silence suivi d'un geste un tantinet théâtral dont elle a le secret: «On fait ça parce qu'on aime le théâtre, ma chérie, ce n'est pas un métier, mais un amour.»

Elle n'est pas la seule à penser ainsi. C'est toujours pareil quand je prononce les mots *profession* ou *métier*. Comme si je venais d'une autre planète. Je l'écoute parler et je me dis: je ne peux quand même pas me marier pour que quelqu'un me fasse vivre! Je veux vivre de mon métier, être indépendante. Je veux me marier aussi, mais ça n'a rien à voir. Aimer un métier et aimer un homme: ce n'est pas interchangeable. Je prêche dans le désert. Comment débattre de ces questions avec une héritière d'une famille riche, qui a un mari aussi riche qu'elle, un mari formidable qui l'aime et qu'elle aime? Je suis loin du compte. Bientôt nous serons complètement ruinés, je gagne ma vie de peine et de misère, et je n'ai pas de mari, mais un amour: le théâtre, qui va finir par user ma patience et mes nerfs.

Et me faire rater ma vie.

C'est ma hantise depuis toujours. Laisser passer ma vie. La gâcher par ma faute. Mourir sans avoir rien fait de ma vie. Ça me vient parfois comme un flash violent. Et je détourne le regard.

Je n'arrête pas d'osciller entre abattement et ardeur. J'abrille ce qui ne va pas et, chaque fois, mon optimisme revient et je remonte la pente. Me décourager souvent et vite remonter la pente sans avoir rien réglé, c'est moi tout craché. J'ai bon caractère, j'essaie de voir le bon côté des gens et des choses, mais je sais que c'est une lame à double tranchant, je me cloue moi-même sur place. J'ai une décision à prendre. Je la connais. Mais je ferme les yeux. Je ne veux pas voir l'évidence.

Bon caractère, mon œil! C'est de la mièvrerie et une peur du changement. La stagnation, c'est ce qui me guette, je l'ai lu dans le fameux livre du Yi King, la stagnation, le pire de tous les hexagrammes. Sans le mouvement et la transformation, les choses pourrissent. C'est ce qui est en train de m'arriver.

Parfois j'ai une image furtive de moi à trente ans. «Elle n'a rien fait de sa vie», écrit sur le cadre blanc de la photo. Je me reconnais, c'est moi, mais je ne sais pas si je suis déjà morte ou si je fais semblant d'être vivante.

- va de mieux en mieux
- prend lithium (171)
- revu ancien prof + Ami , Ara)
          offre travail   ↵

27

Adib

Je suis retourné à l'Université américaine de Beyrouth
– que tout le monde appelle AUB, prononcé à l'anglaise.

Je ne sais pas ce que j'ai fait pendant ces trois années
que je viens de passer au Liban, à part lire, écrire, jouer
le répétiteur pour Ikram et aider ma mère dans les tra-
vaux ménagers, pendant que mon frère suit ses cours
en architecture, qu'Ikram fait du théâtre ou cherche
à en faire, que mes petites sœurs vont à l'école, que
Faïzah travaille avec moins d'enthousiasme qu'avant et
que mon père s'active comme il peut.

Il m'a fallu beaucoup de discussions avec moi-
même et de tergiversations, de vas-y donc, de pourquoi donc puisque ça ne sert à rien, de tu es bien là
où tu es, pourquoi changer, beaucoup de mensonges
à moi-même, en essayant d'y croire, pour qu'enfin,
au moment le plus inattendu, comme dans un coup
de vent ou un coup de tête, je prenne le service au
rond-point et un deuxième au centre-ville, et que je
me retrouve devant un lieu que j'ai fréquenté pendant
presque une année, un lieu que j'ai aimé et où j'ai

aimé au moins deux personnes qui ont compté dans ma vie.

Même si je pensais à mon amour de jeunesse, je savais que je ne la reverrais pas après tant d'années. J'espérais surtout voir l'ami. Il se pouvait très bien que mon professeur enseigne toujours dans cette université.

Quand je me suis retrouvé devant l'immeuble, qui n'avait pas changé d'une brique, j'ai fait un voyage, un petit déraillement. On dit *bad trip*, depuis que les psychotropes sont d'usage courant. J'ai connu psychotropes et *bad trip* à mon corps défendant bien avant tout le monde, mais j'aime bien cette nouvelle expression.

J'ai fini par entrer, même si ça roulait à toute vitesse dans ma tête, puis très, très lentement. Je me revoyais dans ce lieu, cherchant où était la salle de cours, je venais d'arriver du Canada et je ne connaissais personne.

Je me suis assis sur la première marche de l'escalier que j'ai trouvé, j'ai appelé maman à ma rescousse, puis j'ai inspiré et expiré plusieurs fois. Après un temps dont je ne sais plus s'il a été long ou court, je me suis levé.

Au moment même, un homme dans la cinquantaine, plus vieux que mon père, passait devant moi. Sans aucune raison, il me semble, il est revenu sur ses pas.

«Vous cherchez quelqu'un?

— Oui.

— Qui?

—J'aimerais revoir Ara Hagopian, qui était mon professeur et mon ami, il y a plusieurs années de ça.»

Il m'a souri et il m'a dit : «Ara est mon ami, venez, nous allons le partager.»

Il avait à peine un léger rictus. Je l'ai suivi. Qu'avais-je d'autre à faire ? Nous avons marché longtemps, il me semble. À aucun moment il ne s'est retourné pour voir si je le suivais. J'étais content d'être redevenu maigre comme avant. Ara ne m'aurait pas reconnu, boursouflé comme je l'avais été. Un jour béni entre tous, j'ai rencontré un médecin qui par bonheur habite dans le même immeuble que nous, au deuxième. Dr Ghosn se promenait sur le toit, lui aussi aime les toits, nous avons parlé. Il avait fait ses études au Danemark et était revenu avec un nouveau médicament pas encore en vente qui est du sel de lithium. Il me le fait venir du Danemark. Et il m'a sauvé la vie. Grâce à ce sel de lithium, je ne suis pas guéri, mais je suis stable et heureux, et je ne suis plus gonflé comme lorsque je prenais une autre médication. J'embrasse tes mains chaque jour, Dr Ghosn !

Mon compagnon de route s'est arrêté, a frappé quelques coups à une porte et, sans attendre et sans cérémonie, il est entré. La personne avec qui il a parlé il y a quelques minutes était toujours là derrière lui.

J'étais là.

Et du coin de l'œil, j'ai entrevu quelqu'un, et mon cœur m'a dit que je le connaissais.

Nous nous sommes reconnus à la minute, mais nous nous sommes regardés longtemps, aucun n'osait s'adresser franchement à l'autre, de peur de s'être trompé.

Pour dire la vérité, j'espérais, mais je ne pensais pas que je le verrais, mon côté pessimiste empiète souvent sur mon espérance.

Ara était là. Devant moi. Il avait à peine vieilli. Il m'a dit : «Adib, tu es revenu, ça veut dire que la vie nous réserve de bien belles surprises, n'est-ce pas?»

J'étais là devant mon maître et mon ami, et toutes ces années passées n'avaient plus d'importance. On s'était vus la veille, c'est ce que je sentais. Mais j'avais envie de pleurer comme un enfant. De bonheur.

Je n'ai pas demandé si lui aussi voulait pleurer, peu importait. On a commencé à se parler comme avant, comme toujours. Ara est marié avec une Arménienne libanaise, il a deux enfants. J'étais si heureux pour lui. Moi, je n'avais pas de grandes nouvelles, à part que j'étais là, au pays, avec toute ma famille. Et j'ai bien fait de revenir, pour le sel de lithium, pour Ara, pour la mer.

Il m'a demandé sans préambule : tu veux travailler?

J'avoue que cette question m'a surpris, mais j'ai répondu oui sans hésiter.

«Mon assistant vient de partir pour l'Amérique, la place est libre, elle est à toi si tu la veux.

— Oui. Je la veux. Merci. Oui. Ara, je suis tellement content de te voir. Si je n'étais pas venu, je ne t'aurais pas vu!»

Nous avons ri tous les deux. Nous ne savions pas au juste pourquoi nous riions.

«La vie n'est jamais ce que l'on croit, a-t-il dit en riant encore plus fort. Adib, je suis content de te savoir vivant, et bien vivant.»

La joie est plus difficile à exprimer que la peine. J'ai souvent peur d'être trop intense, alors je me retiens pour ne pas faire peur aux autres. J'aurais voulu pleurer et crier comme un jeune garçon qui retrouve son village et ses amis qu'il croyait ensevelis sous les bombes, mais je ne l'ai pas fait parce que je sais maintenant me contrôler.

La vie n'est jamais ce que l'on croit, c'est ce que mon ami Ara a dit, et je pense qu'il a raison.

28

Faïzah

Je l'ai vu, le chien sale, le fils de chien, le cheik de pacotille, il sortait de son bureau et moi de ma boutique. Pendant des mois je n'y ai pas mis les pieds pour travailler. Maintenant, j'y vais parfois flirter avec Nabil, qui veut se marier avec moi depuis longtemps, bien avant mon histoire merdique avec ce vaurien de fils de chien.

Quand je l'ai vu, ma haine a ressurgi, encore vive et amère. Le même goût dans ma bouche, comme si l'injure venait tout juste d'être proférée.

Il a gâché ma vie, le tabarnac !

Tant pis pour moi.

Je le savais. Je l'ai fait quand même. J'aime souffrir. Maintenant je sais que j'aime souffrir.

Une vie foutue de plus dans l'univers, la belle affaire ! Tant pis pour moi, je l'ai bien mérité.

J'ai dit oui à Nabil, le propriétaire des boutiques, où j'étais gérante. Je ne travaillerai plus du tout puisque je lui ai cédé. Il me faisait la cour depuis si longtemps.

Je suis au bord du précipice. Je ne l'aime pas. Il m'aime pour deux. Où est le problème? Vie foutue pour vie damnée, l'argent ne fait pas le bonheur, mais ça aide à oublier. Et de l'argent, Nabil en a de collé depuis des générations de marchands importateurs-exportateurs. Ses deux boutiques de vêtements ne sont pas sa principale source de revenus. Il les a ouvertes pour que sa femme s'amuse avec les fringues comme si elle jouait à la poupée avec ses petites amies. Quand elle en a eu assez, elle est partie s'amuser à Monte-Carlo avec un des amis de son mari.

Cette histoire de Nabil et sa femme est d'une banalité à en crever, mon histoire avec ce fils de chien qui m'a trahie devant mes parents l'est tout autant, même si elle m'a dévastée. De nos désillusions, je le sens, en naîtra une troisième encore plus navrante.

Je suis désespérée et laide. À quoi a servi ma vie? à qui? Mon frère Adib a plein de tendresse et d'attentions pour cette loque humaine que je suis devenue. Hier il m'a dit en me regardant dans le fond des yeux: mais qu'est-il arrivé à ton beau visage? Est-ce que tu es sûre que ça va, ma sœur chérie? Il est agaçant, celui-là, il aurait pu se taire, mais il a parlé avec tant de douceur que j'ai failli pleurer devant lui, moi, Faïzah, la plus forte de la famille, j'aurais sangloté dans les bras de mon frère. De justesse, j'ai répondu: ça va, ça va très bien, je me marie avec Nabil, dans dix jours nous partons en voyage de noces, et je me suis précipitée aux toilettes. Ma peau, que toutes les filles m'enviaient, a perdu son éclat, des boutons que je n'ai jamais eus, même à l'adolescence, et des plaques rouges sont apparus et me défigurent. Je me sens vieille et laide et je le suis. Je ne sais pas comment Nabil peut continuer à m'aimer.

Je suis montée à Deir es Salam, au monastère des religieuses. Pour ne pas sombrer. Pour prier. Pour qu'elles m'aident. Une vie calme, un panorama qui élève l'âme, la prière, les chants, ça m'a fait du bien d'être là. Mais quelles privations elles s'imposent, ces saintes ! Il leur manque souvent l'essentiel. Le vœu de pauvreté, je veux bien, mais il y a quand même une limite !

La culpabilité, elle, n'a pas de cran d'arrêt : plus je me détruis, plus j'ai envie de me détruire. Une vraie passion.

J'ai beaucoup hésité avant d'accepter de me marier avec Nabil, mais seulement trois jours au monastère et ma tête est devenue claire, la réponse était là devant mes yeux : me marier d'abord puis venir vivre chez les religieuses ensuite. C'est impensable et insupportable de les laisser dans un tel dénuement. Je les aiderai. Je suis bonne là-dedans. Je ne peux pas rester les bras croisés quand je sais que je peux aider, je ne peux pas aller à l'encontre de ce que je suis ; quand quelqu'un a besoin de moi, la sauveuse se réveille et saute dans l'arène. Je leur apporterai tout ce que j'aurai accumulé grâce à mon mariage, et aussi mon savoir-faire pour gagner un peu d'argent.

Je ne leur ai rien dit de tout cela, évidemment. J'ai parlé d'un père riche qui ne pourra faire autrement que de laisser partir sa fille avec une respectable somme d'argent et d'une mère qui va beaucoup me manquer et qui pleure déjà mon départ. Pour déguiser la vérité, je suis une championne. Les religieuses ont promis de prier pour mes parents et pour moi. Elles ont hâte de me revoir et elles m'attendent les bras ouverts.

Dans la montagne, avec les religieuses, je me sentais bonne et pure. Donner mon corps à Dieu ne sera pas plus difficile que d'ouvrir mes jambes à un homme que je n'aime pas.

L'erreur fatale a été de les ouvrir un jour à un homme qui a aspiré ma volonté, qui m'a damnée, qui m'a rendue folle. Mon corps a brûlé jusqu'au tréfonds de moi, je savais que ce serait ma fin. J'ai cédé à cette passion soudaine et dévorante qui a été le moment le plus exaltant de ma vie. Le lendemain et les jours qui ont suivi, je ne pouvais que recommencer. En succombant, j'ai ouvert mon corps, mais pas mon cœur. À moins que le corps le cœur l'âme passent par le même canal de volupté ? J'étais au ciel en même temps que j'étais en enfer ; dans le même instant, j'étais dans la jouissance absolue et dans l'avenir me punissant. J'ai vécu tout ce qui allait arriver, je savais que j'allais payer. Je le paye chaque jour et le payerai chaque minute de ma vie. Je suis damnée.

Maintenant, chaque fois que j'ouvre les jambes à Nabil, cet homme qui m'aime et que je n'aime pas, je sais profondément ce qu'est une prostituée.

Moi, Faïzah Abdelnour, qui me croyais une fille moderne et intelligente, avec jupe courte et travail à l'extérieur, je suis identique aux femmes qui m'ont précédée, même pire. On atteindra bientôt les années 1970 et le sexe féminin est encore une monnaie d'échange, une tare, une malédiction.

Vivement la signature de ce papier qui me liera à Nabil. Car pour divorcer, il faudra d'abord me marier.

Chez les sœurs, je pourrai enterrer tout ça. La culpabilité et les frémissements de plaisir.

Oublier.

Là-haut au couvent, quand une religieuse sent le frétillement entre ses jambes, il n'y a aucun homme pour la combler. Au moins, ça.

Oublier enfin. Le sexe la faute les hommes.

Quand je l'ai vu, le chien sale, le fils de chien, quand nos regards se sont croisés pendant une seconde, j'ai senti un sursaut de douleur et de jouissance, là où je n'ai jamais été touchée par lui, là où un jour j'ai tant aimé qu'on me touche, et j'ai pensé : cet homme qui est la cause de cette horreur qu'est devenue ma vie, cet homme qui par son action grossière m'a révélé à moi-même ce penchant destructeur, je voudrais qu'il meure, et que je meure aussi.

Je me sens complètement délaissée par Dieu.

29

Adib

Ce petit pays nous réserve encore des surprises, après toutes ces années de fréquentation. Dans ma famille de fous, je suis le seul qui tienne le coup. Le seul qui n'ait pas dérapé. Pour une fois que tout va bien pour moi, c'est la déroute pour tous, sauf pour les deux petites. Mais l'enfance et la prime jeunesse, c'est ainsi, quelques années de sursis avant de se vautrer dans les questionnements et le malheur.

D'abord notre père, qui se repose à la montagne et non au ciel. Maman aurait dit : tais-toi, fils, n'attire pas le mauvais œil, *nushkor Allah*, il est en vie. En vie, oui, mais exténué. Il s'est fait manger tout rond par des fauves qui lui ont à peine laissé la peau et les os. Pour tous ceux qui n'en peuvent plus, la montagne est un calmant de grande qualité sans effets secondaires désastreux ni dosage à respecter. T'as qu'à regarder l'horizon, vieux, le revolver t'en auras même plus besoin ! La beauté rend heureux.

Depuis que j'ai vu Angela, je le sais.

Mon père n'est pas au bord du suicide, il est plutôt du genre à dormir au lieu d'affronter l'ennemi.

Excellente technique pour ne jamais tomber malade. N'empêche. Il commence à s'apercevoir qu'il s'est trompé. Mais il a de la difficulté à l'admettre et à faire son mea-culpa, contrairement à Faïzah, qui a tendance à la flagellation depuis ce fameux soir.

Mon père croit au destin même s'il est le premier à vouloir le faire dévier. Il l'a fait souvent, et le fait encore. S'il n'était pas parti vivre à la montagne pour à peine revenir de temps en temps, je ne serais pas en train de m'occuper de mes petites sœurs et de ma mère. J'étais à cent mille lieues de m'imaginer qu'un jour je serais le frère nourricier. Grâce au détournement du destin amorcé par mon père, je joue maintenant mon rôle d'aîné, comme il se doit, et je suis content. La famille s'est beaucoup occupée de moi, c'est à mon tour. C'est Faïzah qui détenait ce rôle, qui accomplissait cette tâche avec une générosité sans faille, jusqu'à ce que ce vaurien lui arrache le cœur.

Peut-être que Faïzah devrait aller changer d'air à la montagne, la maison de ma tante est grande, mais la présence de notre père serait une entrave. Ça fait longtemps que ces deux-là sont dans des isoloirs avec une porte de fer entre les deux. De toute manière, elle ne risque pas de venir, Faïzah est mariée, et on ne la voit presque plus.

Faïzah a perdu son beau visage. Elle fait semblant, elle essaie de nous faire croire qu'elle est guérie de cette crapule, mais des désastres, j'en ai vu d'autres, et je sais les reconnaître. Le changement si radical de Faïzah, j'avoue que je n'arrive pas à le comprendre. C'était la fille qui tenait tête à tout le monde et menait qui elle voulait par le bout du nez, qui avait une vivacité et une force de travail peu communes. Où est passée sa superbe ? Quelque chose s'est brisé en elle. Ça ne peut pas être qu'une histoire d'amour déçu. Est-ce possible que sa virginité perdue et divulguée devant nous soit la raison de ce deuil qui n'en finit plus et surtout de la métamorphose de son caractère ? Même son maquillage ne camoufle pas son désarroi. Quelque chose de souterrain, que je n'arrive pas à saisir. Je l'observe parfois sans qu'elle le sache… un gouffre, ma sœur Faïzah, et s'il y a une chose que rien ne peut dissimuler, c'est le regard.

Elle s'est mariée avec son patron, qui a l'air de l'adorer, mais ce n'est pas réciproque, c'est bien clair. Aucune fête. Elle s'est mariée comme on répudie. Sans chants ni danses. Elle a fait un mariage de raison. Une alliance. C'est ce que Mohammad a fait. Des alliances pour éviter des guerres, le Prophète en a tant conclu que le slogan « *Make love, not war* » aurait pu être inspiré de lui, le prophète diplomate.

Faïzah, le roc de notre famille est en train de s'effriter. Et la famille du même coup. Je ne la reconnais plus. Faïzah ! Mariage de raison ? Je n'aime pas ça du tout.

Après le père et la grande sœur, les deux artistes de la famille branlent dans le manche. Les vieux disent : à chaque pays ses usages, à chaque porte sa clé. Ikram n'a pas trouvé la manière adéquate de vivre ici, elle se laisse abuser facilement et croit tout le monde, comme notre père, elle est constamment déçue. Son métier n'en est pas un, mais elle ne veut pas l'abandonner. Daoud avait trouvé la clé pour bien vivre, il m'avait semblé, mais c'est son travail qui pose un sérieux problème, comme dans tous les domaines artistiques.

Daoud en a assez du Liban, il s'en va tenter sa chance sous d'autres cieux. Ikram arrive presque au même constat, mais n'ose pas encore franchement se l'avouer. Les arts plastiques, le théâtre, la littérature font des martyrs dans les petits pays. On est loin de la France de Louis XIV, qui donnait beaucoup d'importance aux arts en offrant des pensions aux dramaturges et compositeurs et en commandant des œuvres pour la gloire du roi et de son empire. Si la France rayonne, c'est grâce à son art, qui fait rentrer l'argent dans les caisses de l'État. Jusqu'à aujourd'hui, on a étudié Racine, Corneille et Molière au Liban et partout. Les arts rapportent beaucoup plus qu'ils coûtent. L'Amérique l'a compris et étend son empire par son cinéma, sa littérature.

Si les petits pays révèlent leur pauvreté par leur manque d'intérêt pour les arts, ils compensent par leur presse : celle du Liban est digne d'un grand pays. Les journalistes et les journaux sont nombreux et de calibre international, dans les trois langues que j'arrive à lire.

Les poètes ont aussi une place respectable.

La poésie survit ici car elle est l'art des pays pauvres. Le poète n'a pas besoin de grand-chose pour se mettre à l'œuvre, quelques feuilles de papier et un stylo ; même s'il n'a pas de bureau, le café est là pour le recevoir et l'inspirer. Quelques mécènes qui aiment la poésie suffisent. Ce ne sont pas les nouveaux riches qui la gardent vivante, mais des membres de vieilles familles riches qui ouvrent leurs salons et leurs bourses. Daoud et Ikram ont souvent été invités dans ce genre de salons littéraires, où ils rencontrent d'autres artistes qui rêvent de partir.

Ici, tout le monde veut partir, mais pas mon Angela chérie. Elle ne veut plus retourner faire le tour du monde avec son ambassadeur de père, qu'elle aime bien, mais elle en a plus qu'assez de changer de pays et d'amis tous les quatre ou cinq ans. Elle pourrait aller vivre avec sa mère, mais le Midwest américain, où Angie est née et a vécu une partie de sa vie, ne l'attire pas du tout. Elle aime le Liban et veut rester ici. Elle apprend l'arabe, même si elle n'en a pas besoin pour vivre, elle y tient, alors je lui enseigne le libanais courant, qu'elle commence à bien parler. Elle me dit que je suis un prof extra. C'est normal, c'est ce que j'aime le plus. Mon travail d'assistant à l'AUB me plaît beaucoup. C'est là que j'ai rencontré Angela.

Angela, c'est mon amour. Nulle part je ne me sens chez moi qu'avec elle et en elle.

Partout où je vais, je suis ailleurs, je me sens ailleurs partout, dépaysé je suis, sauf l'instant où je me glisse en elle, où ce trajet qui mène au paradis pourrait durer mille ans, où je suis complètement enfoui en elle, dans son tabernacle si doux, qui a exactement la taille qu'il me faut et la petite courbe qui me fait frémir de bonheur, corps et âme dans son giron, avec nulle autre qu'elle et moi, dans un moment d'éternité où l'ailleurs et l'ici se confondent, se rassemblent, ne font qu'un. Ses bras m'étreignent avec juste ce qu'il faut de force et de tendresse, ma bouche s'unit à sa bouche dans un dialogue qui s'éternise et que je désire éternel. Je ne suis plus étrange, je suis Adib le Bienheureux, je suis là, soudé à elle, au monde, je suis vivant, et c'est tout ce que je veux, rien d'autre, je ne désire rien d'autre. J'étire, j'allonge, je prolonge tant que je peux ce fabuleux voyage avant l'orgasme. Car l'orgasme est une chose extraordinaire, mais diabolique. Il sépare les amoureux pour un moment. Chacun est traversé par sa propre jouissance, sa propre volupté qui l'envahit, il ne peut en être autrement. Malgré toutes les tentatives pour jouir ensemble, même collés l'un à l'autre, chacun jouit seul. Les caprices de la nature pour mieux recommencer.

Oui, les recommencements où Dieu et Diable se rassemblent pour nous enflammer l'imagination. Comment n'y ai-je pas pensé avant? Son corps est si beau placé de cette manière, et le mien explose encore et encore. Peut-on être plus heureux, nos corps peuvent-ils exulter davantage, aller plus loin? Oh Dieu si bon, est-il permis de pleurer au paradis? Je pleure et mon corps retrouve le chemin de son âme aussi doux qu'un baiser d'enfant.

Oh Dieu, comment ai-je pu vivre sans elle pendant de si longues années?

Ikram

Je travaille depuis quelques mois à Radio-Liban comme speakerine, après les va-et-vient qui m'ont épuisée avant même de commencer. C'est une demi-tâche chichement payée, quand on est payé! Les bons n'arrivent jamais à temps, et quand ils arrivent, on n'a plus la force de rouspéter. On prend le papier, on va le changer à la banque et on paye ses dettes. Et il ne nous reste plus un sou. On recommence alors à s'endetter.

Pour faire un peu plus d'argent et pour sortir de la routine de speakerine dans une radio d'État qui consiste à lire ce qu'on te demande de lire, j'ai suivi le conseil de mon amie Nicole Elkoury et conçu avec mon frère Daoud une émission matinale pour la radio. Je me suis inspirée de ce que j'entendais à Radio-Canada. Nous avons enregistré sur notre *tape recorder* la bande sonore d'une émission zéro complète avec musique choisie, quelques entrevues et ma voix, qui faisait le lien entre tout ça et les auditeurs. Nous avons beaucoup travaillé, Daoud et moi, et nous sommes contents du résultat.

Combien d'allers-retours une personne est-elle censée faire avant d'avoir un rendez-vous avec son directeur des programmes ? Et quand le rendez-vous est enfin pris, pourquoi n'y a-t-il personne au bureau ? Et que dit l'assistant pour cacher la vérité ? Combien de fois une personne doit-elle revenir à la charge pour qu'on lui dise oui ou non ? Seulement oui ou non. Est-ce trop demander après un mois et demi d'attente ?

Je suis fatiguée de ces mensonges, de ces regards gluants qui se posent sur moi chaque fois que j'entre au poste. Des hommes assis à ne rien faire dans les corridors de la radio qui nous déshabillent, nous auscultent de leurs yeux glauques de serpents démoralisés, pas seulement moi, mais toutes les filles qui ont le malheur de travailler ou d'essayer de travailler.

Le temps passe et le directeur n'a pas donné de réponse à ma proposition d'émission, qui me rapporterait quelques livres libanaises de plus. L'argent à la maison se fait rare, même si Adib fait tout son possible.

Aujourd'hui, je suis en furie. Ça fait sept semaines que j'attends la réponse du directeur. J'entre dans l'antichambre, là où le secrétaire se tient, mais il n'est pas là, je vois que ma bande sonore n'a pas bougé, elle est encore là où elle se trouvait il y a des semaines, je suis en train de bouillir intérieurement et bientôt ça va gicler. Je frappe à la porte du directeur, j'entends du bruit, il est au téléphone. Sans attendre, j'entre. Il est interloqué. Il pensait sans doute que c'était son secrétaire. J'attends debout qu'il ait fini de parler. Quand il jette son regard sur moi, il voit que j'ai une bande dans une boîte de carton reconnaissable. «Ah oui, mon secrétaire m'a dit... je devais l'écouter...

— Ça fait sept semaines que vous devez l'écouter. Je vous laisse une demi-heure pour l'écouter et me donner votre réponse.»

Je jette la boîte sur son bureau et je tourne les talons en fermant la porte derrière moi. Je l'entends bredouiller quelque chose mais je suis déjà loin. Du même pas décidé, je monte chez le directeur de l'information, dans le même immeuble. Je veux lui demander combien de temps il faut pour qu'un projet soit accepté ou refusé. Il y a beaucoup de monde avant moi et je n'ai pas de rendez-vous. Il faudrait attendre trop longtemps.

J'ai une autre idée. La demi-heure est presque passée. Je redescends. Le secrétaire du directeur est au poste, le rempart habituel.

«Je voudrais parler au directeur.

— Vous avez rendez-vous?

— Non. Dites-lui qu'Ikram Abdelnour attend sa réponse.

— Impossible, il n'est pas là.

— Où est ma bande?

— Elle est là.

— L'a-t-il écoutée? Est-ce qu'il y a un mot?

— Non.»

J'attrape ma bande et reprends l'ascenseur. Cette fois-ci, trois étages plus haut. Chez le ministre. Bien sûr, comme il fallait s'y attendre, la file est si longue que n'importe qui serait découragé, mais pas moi, je suis dans un état second, mais contrôlé. Si aujourd'hui il n'arrive rien de positif, je vais faire comme mon frère Daoud et quitter le Liban.

Je n'ai jamais eu autant de patience de ma vie qu'aujourd'hui. Je n'ai pas de rendez-vous, et il n'y a pas de case vide. Ceux qui arrivent après moi passent avant moi. Même ceux qui, comme moi, sont là sans rendez-vous, la plupart des villageois qui viennent voir leur député, je les laisse passer. Je ne sais pourquoi, je veux être la dernière avant le déjeuner, tranquille, avec le ministre. La salle se vide, ça fait plus de quatre heures que je suis là. Et puis mon tour arrive. J'entre dans le bureau.

«Vous êtes bien jeune, dit le ministre. Quand on vient voir le ministre, c'est qu'on a un problème. Vous êtes trop jeune pour en avoir…

— J'ai vingt-quatre ans, monsieur, et je travaille ici, à Radio-Liban, notre radio d'État. Vous êtes mon supérieur hiérarchique.

— Bien… Bien… Que puis-je pour vous ?

— Monsieur, combien pensez-vous que ça peut prendre de temps avant qu'un projet soit accepté ou refusé ?

— Je ne comprends pas de quel projet vous parlez. Et j'ai faim. Venez déjeuner avec moi et on parlera de tout cela. Mais je ne serai pas seul avec vous, malheureusement, me dit-il avec un sourire en coin, nous serons six ministres, si vous n'y voyez pas d'inconvénient.

— Non pas du tout. Je n'ai rien contre les ministres, ce sont les directeurs des programmes qui me causent des ennuis.

— Venez, ma chère, nous allons nous occuper de tout cela.»

Je n'avais encore jamais marché à côté d'un ministre. Ce n'est pas lui qui m'impressionne, il est très poli, très gentil, mais les gens autour qui changent complètement d'attitude. Si surprenant! Le liftier, le portier, les gens que je vois tous les jours me regardent autrement, comme s'ils ne m'avaient pas vue trois fois aujourd'hui, ils sont abasourdis comme si je faisais soudainement deux mètres de haut parce que j'accompagne le ministre. Autour de nous, l'espace se dégage avec un silence étrange, un murmure, sans parler des courbettes. Les fameux *corridor men* que je ne peux jamais éviter se redressent et n'ont plus le même regard visqueux, mais une déférence à mon égard, un étonnement, aussi, qu'ils essaient de dissimuler.

La limousine avec chauffeur nous attend. Le ministre me cède le passage et s'assoit à côté de moi. Il ouvre sa mallette en s'excusant: il doit parcourir quelques dossiers avant le rendez-vous avec ses homologues.

Nous arrivons à l'école d'hôtellerie, les ministres sont surpris de me voir, mais pas moi, j'ai été avertie. J'en reconnais quelques-uns à cause des journaux et de la télévision. L'un d'eux est plus connu que les autres, je sais même son nom : Souleimane Frangié, maronite de Zgortha, dans le Nord-Liban, pas très loin de là où on a habité.

On me place au bout de la table. À ma droite, trois ministres, à ma gauche, trois autres. L'un d'eux me fait répéter mon nom de famille. «Votre père, c'est Anouar Abdelnour, qui a travaillé avec nous pour l'indépendance?» Je réponds oui. «Bienvenue au Liban, mademoiselle Abdelnour. Vous saluerez votre père pour moi.» Je suis surprise. Il se souvient de mon père et sait qu'il est revenu au pays. Les politiciens doivent avoir une mémoire phénoménale, m'a dit un jour mon père. J'en ai la preuve. Ce monsieur n'a pas vu mon père depuis 1948 !

Je m'amuse ferme à les écouter. Ils ont de l'humour et ils sont instruits et cultivés. Ils citent des poètes et des écrivains, certains que je connais et d'autres, pas du tout. Je suis à l'aise. Moi, Ikram, je suis en train de prendre un repas avec des amis rigolos de mon père, et moi, l'actrice, je joue un rôle improvisé pour quelques heures seulement.

Quand l'un ou l'autre des ministres fait une blague, il me prend à témoin avec des n'est-ce pas mademoiselle, qu'en pensez-vous mademoiselle. J'ai un rôle sympathique : sourire, rire, acquiescer ou donner une réponse inattendue qui les fait rire. Un intermède joyeux et exceptionnel, après des mois de désespoir, où je ne savais plus où j'en étais, où je ne savais pas comment passer à travers le manque d'argent et tout le reste. L'émission que j'ai proposée, j'en ai besoin pour y arriver financièrement. Je suis à bout. Je suis au bout de mon rouleau de patience, et j'en ai assez de cette excuse qui bénit toutes les erreurs et les horreurs : «Mais tu sais bien, Ikram, que nous sommes au Liban…» Je ne suis plus capable de l'entendre. Plus capable !

Tout en mangeant, ils font rapidement leur réunion à demi-mot et en demi-teintes comme les politiciens savent le faire. Ils ont l'air de se comprendre quand même. Certains murmurent, acquiescent, d'autres haussent les sourcils pour toute réponse.

Le repas se passe en français, avec quelques apartés entre deux ou trois personnes dans une langue libanaise très soignée, proche de l'arabe littéraire, que je comprends difficilement.

Ah, tout ce que j'apprends sur la vie depuis ce matin ! Un : un ministre est plus facile à rencontrer qu'un directeur des programmes, quatre heures contre quarante-neuf jours ; deux : la hiérarchie. Même s'ils sont tous ministres, il est très clair qui mène le bal : celui qui a le plus gros ministère. Sans comprendre chaque mot, assise au bout de la table, je vois tout, les corps parlent et les rapports de force sont évidents. Le ministre des Postes, Téléphones et Télégraphes qui m'a invitée est un vrai gentleman, c'est lui que je choisirais parmi les six, pour son amabilité et sa façon de mettre ses collègues à l'aise, de leur donner la parole et de les faire se sentir importants, mais il ne détient pas un ministère important.

Mêmes gens, même brouhaha, même mascarade, dès notre entrée dans l'immeuble de Radio-Liban. Troisième chose que j'ai apprise dans ma journée : les gens qui marchent dans les corridors n'ont pas tous la même valeur aux yeux de leurs concitoyens. Passer bras dessus, bras dessous avec un ministre n'a pas le même effet qu'avec le concierge ou le liftier. Et ce ne sont pas nos propres qualités qui comptent, mais les titres et le rang social de celui qui nous accompagne.

Sur le chemin du retour, le ministre m'a demandé de lui faire part de mes problèmes. Et je lui ai raconté simplement les faits, les dates. Pas de pathos, ça, je le gardais par-devers moi. Il m'a demandé de monter avec lui à son bureau.

Tout à l'heure, au restaurant avec les ministres, je me trouvais dans une comédie française du début du siècle. C'était léger, drôle, avec un certain décorum et une impertinence calculée. Je donnais la réplique aux ministres vieux comme mon père, je les faisais rire et eux aussi, tout en me montrant leur élégance et leur savoir. Mais en voyant l'air sérieux du ministre quand il me dit de le suivre, je sais que le badinage est terminé et que les raisons pour lesquelles je suis venue le voir vont trouver réponses.

Il chuchote deux trois mots à son secrétaire, puis nous entrons dans son immense bureau ; il me fait asseoir du côté salon et me demande de l'attendre quelques minutes. Un jeune homme discret m'apporte un plateau avec une cafetière, une carafe d'eau, il me sert et repart après une légère courbette. Et j'attends. Enfin, quelqu'un entre. C'est le directeur des programmes. Je fais semblant de continuer à lire une revue.

C'est là, à cette minute même, que je vois le pouvoir à l'œuvre. Le pouvoir dans toute sa splendeur et sa petitesse. Je préférerais ne pas être présente.

Le ministre déplace légèrement sa voix, la rend plus feutrée, plus basse.

«Vous connaissez cette jeune personne assise là…»

Je me tourne en même temps que le directeur des programmes, qui suit la main du ministre.

Il sursaute en me voyant. Carrément, comme s'il avait devant les yeux Lucifer ou la Sainte Vierge en personne.

«Oui. Oui. Bien sûr, monsieur le ministre, il bredouille. Elle travaille à la radio, c'est moi qui l'ai engagée. Elle travaille très bien.

— Je suis content de l'entendre.»

Le ministre le regarde et me regarde, puis il revient à lui.

«Je veux que vous fassiez attention à elle.» Il continue en arabe. *Dir bèlak layha.* C'est du libanais courant, ça veut dire à peu près ce qu'il vient de dire en français. Mais ça sonne autrement dans la langue du pays.

Toute l'affabilité qu'il a montrée tout au long du repas a disparu. En quelques phrases chargées de

sous-entendus, il en a fini avec lui. D'un coup de menton à peine esquissé, le ministre lui signifie de déguer-
pir. Le directeur des programmes part tout penaud, la
queue entre les jambes comme un chien qu'on vient
de gronder, un homme qu'on vient d'humilier.

Même s'il m'a malmenée, qu'il a profité de son
pouvoir, même si je le déteste, je me sens mal de le
voir partir ainsi, j'ai honte pour lui, pour moi, pour le
ministre, pour l'humanité.

Sans même l'avoir voulu, je suis entrée dans le jeu
du pouvoir, moi aussi. Je m'aperçois qu'en mettant le
ministre au courant de ce qu'a fait son vassal, j'entrais
de plain-pied dans la manière de fonctionner au Liban : trouver quelqu'un de plus fort pour frapper sur
la tête de celui qui se croit plus fort que toi, pour qu'il
te respecte enfin.

C'est ce que j'ai fait en venant voir le ministre.
Dès le moment où le directeur des programmes est
entré avec la tête basse, je savais que j'avais déclenché
la machine et que j'y participais. Ce jeu de pouvoir est
efficace et je pourrais moi aussi y être entraînée, si je
restais ici. Mais je ne le veux pas. Jamais je ne voudrais
rejouer à ce jeu avilissant. C'est contre mes principes,
contre tout ce que je suis, tout ce que je veux être.

Le jeu de massacre n'est pas terminé. Je sais ce qui
va arriver. À son regard suppliant, je voyais bien que
je pourrais faire de lui ce que je voulais. Le directeur
va me manger dans la main. J'ai horreur de ça. Un *seul*
mot du ministre me rend digne et respectable ! Cet

homme qui n'a jamais eu la moindre considération pour moi ni pour mon travail fera maintenant mes quatre volontés, il sera obséquieux et rampant. C'est affreux. C'est dégradant.

J'ai vraiment envie de vomir.

«Ne soyez le vassal d'aucune âme, ne relevez que de vous-même», a dit Balzac, une phrase que j'ai copiée dans mon cahier il y a longtemps.

La servilité autant que la cruauté, l'humiliation autant que la glorification me donnent la nausée. Le régime féodal en vigueur au Liban maintient et renforce ces traits humains que j'exècre.

J'ai mis le doigt sur mon malaise.

Dès le moment où j'ai vu cet homme, tête baissée, dos courbé, sortir de ce bureau, j'ai haï profondément vivre dans ce pays.

31

Adib

Ma mère crie presque : « C'est grave, mon fils, très grave ! Faïzah a laissé une enveloppe avec cette feuille écrite en français. C'est un message important, Adib. Faïzah est partie, comme si elle se sauvait. » Maman me met la lettre entre les mains et elle continue de parler à une vitesse vertigineuse, avec un ton que je ne lui connais pas. « Faïzah m'a embrassée et elle est partie en disant : "Que Dieu te garde, maman." D'habitude, c'est moi qui le lui souhaite. Elle ne m'a pas laissé le temps, elle a claqué la porte, c'est tout. J'ai regardé par le judas, elle courait presque en se dirigeant vers l'ascenseur, qu'elle n'a pas attendu. Elle a pris l'escalier. J'ai couru au balcon pour la voir, comme je le fais avec chacun de vous. J'aime vous observer de loin sans que vous sachiez que je vous regarde… Je l'ai vue marcher rapidement, sans même lever la tête vers moi. Faïzah m'envoie toujours la main avec un sourire, elle est la seule qui le fait. Avant, elle me soufflait un baiser, mais elle a beaucoup changé, ma grande, tu le sais. Elle a hélé un taxi, qui est arrivé très vite. Je suis restée là hébétée, je tournais comme un fauve dans la maison en attendant que tu te réveilles, et c'est là que j'ai trouvé cette belle enveloppe, qui n'a rien à voir avec ce que vous laissez traîner. Elle l'avait déposée sur le buffet sans que je la voie. Pourquoi ne pas me l'avoir remise ? Elle ne voulait pas que je la questionne, c'est ça ? Oh mon Dieu… Oh ma fille… »

Maman a attendu que je me réveille. Quelle femme extraordinaire, cette mère que j'ai, même angoissée, elle n'a pas voulu perturber mon sommeil, car elle sait que je suis fragile de ce côté-là. Aujourd'hui, je ne travaille pas et je ne verrai ma douce que ce soir. Dans mon rêve, je dormais avec Angela et mes bras étaient si longs qu'ils s'enroulaient deux fois autour de son corps, et elle riait et moi aussi parce que nous ne savions plus comment nous déprendre. Maman revient avec le café. Je bois en lisant le message de Faïzah. Je n'arrive pas à croire ce que je lis. Comment traduire à ma mère ces quelques phrases à dormir debout, suivies de la signature de l'exaltée qu'est devenue ma sœur ? Il me semblait que l'exalté dans la famille, c'était moi, à la rigueur Ikram, pas Faïzah, la fille concrète, les deux pieds sur terre. *People change !* Et Faïzah, encore plus que tout le monde, après cette soirée rocambolesque où le drame, la tragédie et la comédie s'interpénétraient dangereusement. Un soir funeste qui l'a marquée au fer rouge.

Je lis deux ou trois fois ces phrases que je ne peux raccrocher à rien. Et un semblant de poème, en plus, depuis quand Faïzah écrit des poèmes? Comment expliquer ces mots absurdes et imprécis à ma mère? Elle les devine, d'où son angoisse. Des feuilles écrites en français, des enveloppes blanches, ce n'est pas la première fois qu'elle en voit dans cette maison. Ikram écrit beaucoup, et moi et les deux jeunes aussi. Comment dire à maman que ce n'est qu'une crise passagère, que Faïzah reviendra bientôt?

Maman attend que je traduise, mais elle sait déjà. Elle dit juste : fils de chien. Des larmes coulent sur son beau visage, et elle est seule pour affronter ce coup, cette chose si surprenante que jamais elle n'aurait pu imaginer. Mon père n'est pas là pour la divertir ou l'étourdir de ses mots.

«Le Liban n'est pas fait pour les filles, dit ma mère. Tout au plus pour les femmes mariées. Parce que là, on bascule dans un autre monde, on finit par accepter, et les enfants prennent toute la place, toute notre énergie, tout notre temps, c'est ce qui nous tient. Être une jeune fille au Liban, c'est horrible, et un jeune homme aussi, à cause de l'énergie qu'ils ont et qu'ils ne peuvent exprimer. Être jeune, garçon ou fille, c'est épouvantable. À cause de ce que chacun a entre les jambes. À cause du soleil qui rend le corps ouvert et réceptif et fulgurant. Quand on est jeune, on n'est pas maître de son corps, de son esprit, de rien. À l'âge où le danger nous guette, je vivais à la montagne. On n'avait ni télévision, ni radio, ni journaux, ni cinéma qui augmentent les tentations, mais on avait le soleil et la beauté. Parfois l'air était si bon, si enivrant qu'on avait envie de se déshabiller et de se coucher à même le sol, le dos collé sur la terre et les yeux au ciel. Et on rêvait. On n'aurait jamais été capable d'éloigner une main qui aurait eu le malheur de désirer nous frôler. On se mariait très jeune. Ç'aurait été désastreux autrement. Et ça l'était parfois. Au village, on n'est pas des saints, pas plus qu'ailleurs, contrairement à ce que dit ton père, qui sanctifie le passé. À l'âge de Faïzah, j'avais déjà quatre enfants. En aura-t-elle, un jour?» Maman pleure longtemps puis reprend: «J'aurais tant voulu que mes filles soient heureuses…» Elle pleure encore.

«Vous avez été élevés ailleurs, c'est ça le malheur. Le Liban est trompeur, tu le sais, je parle peut-être pour rien. Nous vivons dans le *khosh-bosh*, détendu, *maalèch*, pas grave, les règles ne semblent pas strictes, c'est rassurant, à première vue. Mais la gifle et la merde viennent plus tard. C'est si surprenant, on a presque oublié ce qu'on a bien pu faire de si mal pour mériter ça. À cause de règles ancestrales, on n'a pas le droit de changer, d'évoluer.»

Ma mère et moi, nous sommes comme frère et sœur, presque de la même génération, elle était si jeune quand elle m'a eu, nous avons grandi ensemble. La dernière phrase, je crois que c'est ma mère qui l'a dite, mais ç'aurait pu être moi.

Puis maman s'arrête et me regarde comme si elle ne m'avait pas vu depuis longtemps.

«Et toi, mon fils, es-tu heureux?»

Si je m'étais attendu à cette question sans préalable, sans fioritures, je me serais préparé. À part Ikram, personne ne pose ce genre de question.

Oui, maman, oui, enfin.

Ma mère ne sait pas encore que j'ai rencontré une fille magnifique. Alors je lui raconte tout, sans rien oublier, en omettant seulement ce qui ne se dit pas à une mère. C'est la première fois que je sors avec une fille, sauf mon amour de jeunesse, dont ma mère ne sait rien, elle était au Canada et moi ici.

En m'entendant parler de ma bien-aimée, de l'amour que nous avons l'un pour l'autre, ma mère voit bien que son fils Adib est devenu un homme. Je n'insiste pas sur l'ardeur de notre passion, pour ne pas l'effrayer. Même si ça fait six ans que je ne suis pas retombé dans la folie, pour les parents, cette crainte-là est indélébile.

La joie perle les yeux de maman. Je suis heureux.

32

Ikram

Je ne pouvais pas partir sans faire une visite à tante Faridé. Partir sans la voir est impensable, pour moi, pour n'importe quel membre de ma famille. Être seule avec elle, c'est ce que je voulais.

Quand j'étais petite, nos maisons étaient voisines. J'avais juste à traverser la place du village et j'étais rendue chez *amté,* ma tante, c'est comme ça que je l'appelais. Après quinze années de séparation, je ne l'aurais peut-être pas reconnue si ce n'était de l'amour que j'ai senti quand elle m'a regardée. Elle était grande, mince et belle quand j'étais petite, elle l'est encore, et se tient bien droite, contrairement aux femmes de son âge, souvent courbées et rondes. Son visage est presque aussi blanc que sa crinière blanche, volumineuse et tressée. Elle a quelque chose de racé et de noble. Quand elle sourit, son visage s'illumine et, chaque fois, je suis émue par cette femme en dehors du temps. Phèdre, Bérénice, Andromaque. Une grande amoureuse. Même si elle a eu un mari et des enfants, qu'elle les a sans nul doute aimés, son grand amour fut son frère, mon grand-père.

Quand on regarde vivre tante Faridé, on sent, on sait ce que *destin* signifie. Un mot que je ne connaissais pas vraiment avant de venir au Grand Soleil. Ce Grand Soleil qui m'a triturée à sa guise, qui m'a défaite tout en me donnant si peu d'indices sur le pourquoi de ma souffrance.

Ma tante Faridé est la personne qui me fait vibrer au diapason de ce pays. Elle est complètement pareille à lui, et en même temps complètement à l'opposé. Pareille à cause de cette souffrance éternelle qui l'habite, et à l'opposé par sa manière spartiate de vivre et son refus du clinquant.

Si près et si loin.

C'est comme ça que je me sens aujourd'hui, si près et si loin. J'aime ce pays presque autant que je le déteste. Ma détestation a grandi de jour en jour, d'échec en échec, de trahison en trahison. De mensonge en mensonge. Et je n'arrive pas encore à trouver, à nommer ce qui me détruit chaque jour un peu plus, car les gens extraordinaires que je rencontre effacent à mesure mes frustrations, mais celles-ci réapparaissent aussi vite qu'elles disparaissent.

La seule chose qui ne te laisse jamais tomber ici, c'est le climat.

Pour une fille qui a vécu si longtemps dans un pays froid, c'est à mettre dans la balance.

Culture langue lieu famille pays gens, peu importe où j'irai, je serai toujours orpheline de quelque chose, c'est mon destin.

Je n'ai pas dit à *amté* que je partais pour le Canada, je ne voulais pas teinter en avance ma visite. Je voulais juste parler avec elle, la faire parler surtout et lui demander ce qui l'a rendue heureuse et malheureuse dans la vie. Elle me regardait en se demandant pourquoi des questions si sérieuses pour une si courte visite. Nous, les jeunes, ne restons jamais longtemps, elle le sait. Je lui ai dit que je voulais comprendre des choses…

Elle m'a tout de suite démasquée, la reine Égée !

« Tu veux voyager ? »

En libanais courant, on dit « voyager » pour « partir du pays », en d'autres termes, « émigrer ».

« Oui, ma tante.

— Tu n'es pas heureuse ici ?

— Non.

— Tu n'as aucun mort qui te retient ici. Alors, va !

— Ce sont les morts qui t'ont retenue, toi ?

— Ils me retiennent, oui. Mon frère puis mon père, qui n'a plus voulu vivre après son fils, puis mon mari qui est parti, et puis ma fille, qui aurait pu m'emporter avec elle. Mais je ne suis pas morte. Il fallait que quelqu'un reste pour penser à eux, que quelqu'un les garde en vie dans son cœur, pour qu'ils restent vivants le plus longtemps possible. Et n'oublie pas que j'ai deux fils et deux petites-filles que j'aime et qui me retiennent à leur manière. »

Après un silence, elle m'a dit : « Va, ma fille, aucun mort ne te retient ici, va là où tu seras heureuse. Tu n'as pas encore d'enfants, va. »

Puis elle m'a regardée avec soudainement le sourire d'une petite fille coquine. «Tu sais que je t'ai vue quand tu passais à la télévision. Mon cœur me disait: allume la télévision, et j'ai fait ce qu'il m'a dit, j'ai allumé, et je t'ai vue. Mais ça fait longtemps que je ne te vois plus. Pourquoi vous ne me prévenez jamais? Ni toi ni Youssef. Vous ne me dites jamais un mot. Je dois tout deviner toute seule.»

Elle m'a regardée encore comme si elle voulait garder mon image dans son cœur et sa tête, et j'ai fait de même. Puis elle a passé la main sur sa bouche et son menton comme si elle craignait qu'il y ait de la salive ou autre chose à nettoyer autour des lèvres, et elle m'a embrassée longuement sur les deux joues. Au village, j'ai souvent vu de vieilles femmes édentées faire ce geste avant de nous embrasser, mais tante Faridé a toutes ses dents et une peau douce et lisse, elle est devenue vieille sans que je m'en aperçoive, la plus belle vieille femme que j'aie jamais vue, et c'était peut-être la dernière fois que je la voyais. Elle m'a dit: «Trouve ton bonheur, ma fille. Sois heureuse. Va, tu dois avoir beaucoup de choses à faire avant de partir.»

La formule «bon voyage» n'existe pas en arabe libanais. Ici on dit: va, Allah est avec toi.

Ma décision est prise. Je ne sais comment ni pourquoi je l'ai prise, il y a tant de raisons, mais plus aucun doute dans mon esprit.

Ma décision est irréversible.

Quand je suis allée voir ma tante, je pensais partir, mais en la quittant, j'étais certaine de partir, elle m'avait donné sa bénédiction.

Maintenant que ma décision est prise, c'est l'argent qui devient le problème. Même un aller simple coûte cher. Je donne des cours de français depuis un moment et je mets mes sous de côté. Je dis bien «mes sous» parce qu'il s'agit d'une livre libanaise après l'autre. Il m'en faudrait deux mille au moins. Le dernier bon que Radio-Liban me doit, je l'attends, et je risque fort de ne pas l'encaisser avant mon départ. C'est comme ça depuis deux ans. Ça ne s'appelle plus du retard, mais de la malveillance, ou carrément se foutre de la gueule des gens.

Toutes ces personnes qui se trouvent sur notre chemin, les hasards, c'est extraordinaire. Même quand on les raconte, ces histoires, on n'y croit pas tout à fait, on a l'impression d'en avoir trop mis et que celui qui nous écoute ne nous croira pas. Parfois, mon père nous racontait des histoires qui disaient que l'humain est bien meilleur que ce que l'on pense. Nous étions jeunes et crédules ; j'ai vingt-quatre ans, et je le suis encore.

J'étais chez Madame L dans le salon où la bonne m'avait fait entrer. La bonne a prévenu Madame L que je l'attendais. Chaque fois, ça me fait le même effet de l'entendre dire : «Bonjour mademoiselle, je vais dire à Madame L que vous êtes là.» C'est surprenant d'entendre une petite Syrienne, qui a peut-être été vendue par ses parents pour travailler dans une famille à Beyrouth, prononcer ce nom théâtral avec son accent syrien, chaque fois ça me fait le même choc, que je ne sais pas dire en mots parce que c'est trop diffus, semblable à ce que je ressens partout où une jeune fille avec cet accent me sert. Chaque fois, je me dis : n'y pense plus, Madame L la traite bien, je le sais, je l'ai vu. Mais je ne peux pas oublier tous ceux et celles qui les traitent mal, ces petites venues d'ailleurs, d'Égypte et de Syrie et même de Turquie, pour servir dans les maisons des riches.

Le hasard ce jour-là s'appelait monsieur Samman, le mari de Madame L, qui n'est jamais là le jour. Je n'ai pas attendu longtemps après le départ de la bonne, il est entré subrepticement – un mot que je viens d'apprendre, aussi surprenant que monsieur Samman lui-même.

J'ai souvent parlé avec lui durant les soirées données par sa femme. Monsieur Samman a ce genre d'humour léger qui nous enchante, empreint d'une galanterie, d'une culture et d'un savoir-vivre qu'on ne rencontre pas souvent. Il a la même manière de parler que Madame L. J'adore l'accent et l'humour typiques des Alexandrins. Je ne sais pas comment c'est quand ils sont seuls tous les deux. Qui fait rire l'autre ?

Monsieur Samman m'a dit avec un sourire entendu : Madame L se prépare. Je savais très bien ce qu'il voulait dire. Quand Madame L se prépare, que ce soit pour le premier ministre qui vient lui rendre visite ou pour la petite Ikram, elle se prépare avec le même soin, et quand elle sort de sa chambre, elle est accueillante, totalement présente à ses invités.

Son mari aussi l'appelle Madame L, toujours avec un sourire et une courbette. Ça se voit qu'il est amoureux d'elle, que son amour dure depuis longtemps et durera toujours. C'est ce qu'il me semble.

« Elle ne vous attendait pas.

— Excusez-moi, je suis venue à l'improviste.

— Qu'est-ce qui vous amène, si je puis me permettre ?

— C'est que... je pars... »

Et là, j'ai tout raconté à cet homme que je ne connaissais presque pas. Je lui ai dit ces quatre années vécues ici, ces quelques mois de soleil et de magie, puis cette difficulté de chaque instant à faire mon métier, à m'adapter à ce pays, je lui ai parlé des cours de français que je donnais pour ramasser l'argent qui me permettra de repartir pour le Canada et de faire mon métier.

À ce moment-là, Madame L est entrée comme si elle entrait en scène, et nous l'avons accueillie à la mesure de notre amour pour elle. Monsieur est reparti comme il était arrivé, comme une soie qui tombe ou s'envole.

Nous avons jasé, placoté comme on dit là-bas, puis je lui ai dit que je retournais au Québec. Au moment où je lui annonçais la nouvelle, la petite Syrienne avec son accent inénarrable est entrée, a balbutié quelques mots et a déposé un plateau sur lequel se trouvaient deux enveloppes : l'une « À ma douce chérie » et l'autre à mon nom.

Nous nous sommes regardées, interrogatives, curieuses, Madame L autant que moi, je dois le dire. C'étaient deux lettres sous enveloppe sans timbre oblitéré. Je pensais que dans leur monde cela arrivait souvent, mais il semblait que non.

Elles nous venaient de monsieur Samman, bien entendu. Personne d'autre n'écrirait « À ma douce chérie » sur une enveloppe destinée à Madame L. Nous avons lu. Chacune sa lettre. Madame L a remis la sienne dans l'enveloppe avec un sourire tendre vers là où son mari était sorti. Moi, je devais avoir la bouche ouverte et les yeux ronds. Dans mon enveloppe, en plus d'un mot qui me souhaitait bonheur et voyage fabuleux, il y avait un chèque, au montant dont je suppose avoir besoin pour voyager.

Madame L m'a regardée avec le plus beau sourire qui soit possible entre deux amoureuses de théâtre, et m'a dit tout simplement, avec son cœur grand comme le monde : « Bon voyage, ma chérie, que Dieu te garde. Sois heureuse. »

33

Youssef

Ma vie n'est pas un fleuve tranquille ni une mer agitée, ma vie avec les Abdelnour est un corridor qui nous mène à l'aéroport ou nous en ramène. C'est dans ces allers et ces retours dans ces voies sans queue ni tête remplies de danger que nous nous retrouvons. Je suis toujours là. Aucun Abdelnour ne rentre au pays ni n'en sort sans que Youssef soit à ses côtés, jusqu'à la fin. Parcours attendus ou impromptus, depuis 1958, lors du premier voyage de mon petit-cousin Adib, suivi de celui de son père, et de la famille un peu plus tard. Ikram et Adib sont arrivés en 1965, Daoud est reparti et, en ce jour du 9 septembre 1969, c'est au tour d'Ikram.

Assis tout près d'eux chaque fois, je sens presque leur cœur battre. De joie, de chagrin ou de déception.

Pour la famille de mon cousin, ces quatre années passées au Liban ont peu à peu mené à la débâcle. Ce qui se voulait un rapatriement a été un éclatement de la famille. L'exception, c'est Adib, qui va très bien, Dieu merci, je suis heureux pour lui, comme si j'avais reçu mon pardon des suites de son premier voyage.

Quand il y a déroute, souvent la route de l'aéroport est la solution.

Ikram était à côté de moi quand nous avons accompagné son frère Daoud, qui était en avant à côté du chauffeur, avec de longs rouleaux ficelés sur les genoux. Il partait pour l'Italie pour poursuivre ses études, puis il irait au Canada pour vivre et travailler. C'est un citoyen canadien après tout. Ikram était inconsolable, elle ne voulait pas voir son frère s'en aller. Il n'est pas mort, il part en voyage, que je lui disais pour dire quelque chose, mais ça la faisait pleurer encore plus.

Aujourd'hui, c'est elle qui émigre.

Personne n'est venu la raccompagner, sauf moi, son cousin Youssef : je dois aimer ces couloirs de fin et de commencement.

Faïzah est introuvable, Adid travaille et ne peut s'absenter car c'est un jour d'examen à l'AUB, mon cousin est toujours à la montagne et Imm Adib n'aime pas les aéroports ni les départs, elle a trop de peine de voir partir sa fille. Il ne restait que moi pour mener cette petite Ikram à bon port.

Elle passera quelques jours à Paris, puis retournera au Canada.

Ikram, qui d'habitude pose toujours des questions quand elle ne trouve rien à raconter, est muette et fermée depuis notre départ de Horsh Tabet. Sa fébrilité est palpable en même temps qu'un certain soulagement d'avoir enfin pris sa décision, je crois. Elle m'a juste dit : merci à toi, Youssef, merci, tu es notre pilier. Ça m'a étonné d'entendre le mot *pilier* dans sa bouche, les vieux parlent ainsi, pas une fille de vingt-quatre ans. Elle est traversée par mille sentiments contradictoires depuis que Daoud est parti, que Faïzah joue un jeu bizarre avec sa famille, qu'Adib est amoureux par-dessus la tête. Ikram est esseulée. Les deux plus jeunes sont une famille à part entière avec leur mère, qui fait ce qu'elle peut en l'absence de son mari.

La dernière fois qu'on a parlé un peu plus longuement, Ikram m'a dit avec gravité : mes quatre années au Liban ont été remplies d'expériences multiples et indélébiles.

Je n'ai rien dit, mais le mot *indélébile* m'a frappé.

« Youssef, j'aurais dû partir il y a trois ans et demi, au moins. Ce sont des gens comme toi, bons, généreux, talentueux, originaux, chacun avec sa richesse particulière, qui m'ont retardée. Je ne sais pas si je dois vous remercier ou vous blâmer, tant il est vrai que j'aurais dû m'en aller bien avant. Je pense que j'ai trop d'espérance, c'est mon grand défaut.»

Elle avait un sourire triste. «Je n'ai que vingt-quatre ans. Et je me sens usée. Vieille et usée. Je me fais penser à tante Faridé quand je parle comme ça.»

Pauvre petite, que je me disais, et le cousin Youssef qui se croit fin psychologue ! Je m'en voulais de n'avoir pas vu la gravité de sa situation. Elle a enchaîné : «Je ne serai jamais plus l'Ikram qui est arrivée ici il y a quatre ans. Tout le monde change en quatre ans, je le sais, mais c'était de vivre à contre-courant qui était pénible, de pédaler dans le vide, de lutter pour rien, sur tous les plans, sans savoir contre qui ni contre quoi. J'ai rencontré des personnes extraordinaires, mais aucune n'a été un réel soutien pour me guider, me montrer comment vivre. Trois ans et demi à monter à bout de bras une lourde roche qui n'avait aucune utilité et ne procurait aucun bienfait, qui me retombait dessus en m'écrasant chaque fois davantage. Tu ne peux pas te battre contre un pays entier, même s'il y a certaines personnes absolument exceptionnelles qui y habitent, c'est ce que j'ai fini par comprendre.»

Cette jeune fille m'a fendu le cœur, elle a toujours gardé la tête haute, sans jamais s'appesantir sur son sort. Pas quand on se voyait, en tout cas. Mais j'aurais dû le savoir : l'incompatibilité entre le Liban et Ikram était flagrante. Fille, jeune, actrice, venue d'ailleurs, qui voulait et devait gagner sa vie, elle est entrée en collision frontale avec un pays phallocrate, où le mensonge est érigé en mode de vie, et qui n'a aucun respect pour l'art. Mélange dangereux, conflit de personnalités assuré, s'il n'explose pas d'un coup, le mélange est quand même nocif et l'effet à long terme est destructeur, la plus faible partie est engloutie ou rejetée.

Ikram n'a pas desserré les dents de tout le trajet. Une fois à l'aéroport, en expert que je suis devenu, j'ai fait le nécessaire avec célérité. Nous avions un peu de temps avant l'embarquement. Une dernière limonade typiquement libanaise pour Ikram et pour moi, un café. Elle m'a répété ses remerciements et m'a fait jurer d'embrasser mes filles de sa part, d'être certain que si un jour elles venaient à Montréal, elle serait là pour elles comme j'ai été là pour sa famille.

Nous regardions les voyageurs arriver d'Europe quand un homme tout débraillé, avec des cheveux longs et les yeux noir charbon, est passé dans la file devant nous. J'ai vu Ikram pâlir comme si elle avait arrêté de respirer. L'homme a déposé sa valise et est venu vers nous.

«Tu t'en vas, Ikram.

— Oui.

— Très bien. Ce n'est pas un pays pour les artistes. Mais on n'arrive jamais à le quitter définitivement. On revient, on repart…

— Je t'ai cherché. Personne n'a réussi à me dire où tu étais. Je n'ai pas encore vu mon portrait.

— Ton portrait est beau. Il est à la galerie Montgrand, rue de Buci. Si tu passes par Paris, va le voir. J'ai refusé qu'on le vende, je le garde pour moi…»

Il a souri, et le visage d'Ikram s'est illuminé.

«Oui, j'irai.

— Laisse tes coordonnées au galeriste. J'y retourne bientôt.

— Oui.»

Il a lancé un sourire entendu à Ikram, un petit coup de tête vers moi et, sans au revoir, sans bon voyage, il a tourné les talons. Je me suis dit : cet homme n'est pas un Libanais typique, élevé dans les convenances, c'est un artiste libre.

Juste à voir la réaction d'Ikram, on dirait qu'il va beaucoup lui manquer.

La vie n'est ni un fleuve tranquille, ni une mer agitée, ni un corridor vers l'aéroport, mais une énigme. Un gros point d'interrogation. On ne sait pas toujours comment les uns survivent et pourquoi les autres éclatent en morceaux. Même en charpie certains renaissent. Adib était muet quand je l'ai accompagné à l'aéroport, il y a plus de dix ans, et aujourd'hui, il va très bien. Ikram aussi est perturbée, usée comme elle dit, mais elle a toute la force pour se reprendre, se rétablir et être heureuse. Faire son métier, ce sera déjà beaucoup.

Je l'ai embrassée et lui ai souhaité comme il se doit : « Allah soit avec toi, cousine Ikram ! » Allah, à défaut de ton beau peintre, ai-je pensé. Mais j'ai gardé ça pour moi.

34

Ikram

Mes très chers parents, mes très chers frères et sœurs,
Ne me cherchez pas. Ne vous inquiétez pas. Je suis bien
là où je suis.
Mon corps appartient à Dieu, et à lui seul. Plus jamais
un homme ne me touchera.
Je vous aime tous. J'aime chacun de vous.
Votre fille, votre sœur,
Faïzah

P.-S. Voici, pour mon frère Adib et ma sœur Ikram, un
petit poème que j'ai écrit quand j'ai fait ma première visite
là-haut. J'espère qu'il leur plaira.

Au Grand Soleil, ô Grand Soleil
Tricheur voleur menteur traître
Aussi repoussant qu'intrigant
Aussi répugnant qu'attirant
Ô Grand Soleil, cache-moi.

J'ai embrassé maman, que j'avais embrassée et embrassée, et Soraya et Rosy et Adib, mille fois, avant qu'ils

partent pour l'école et l'université. Soraya n'arrête pas de pleurer depuis deux jours. Si je me laissais aller, je resterais, juste pour elle.

À la dernière minute, je l'ai trouvée, la lettre de Faïzah, je l'ai fourrée dans ma mallette sans que ma mère me voie. Une fois en bas de l'immeuble, j'ai vu maman sur le balcon et, pendant une seconde, j'étais elle et moi en même temps, et mon cœur s'est gonflé, mais je me suis reprise. Je lui ai envoyé un baiser de loin, c'était la première fois que je le faisais, et la dernière. Le chauffeur a mis ma valise dans le coffre, j'ai empoigné la mallette et mon sac à main, je les ai serrés fort, je me suis accrochée pour ne pas m'attendrir. Et je suis montée dans le taxi à côté de mon cousin Youssef.

Adib m'en avait parlé, de la lettre, il était perplexe et ne savait pas trop quoi en penser, il m'avait dit que maman l'avait reprise et cachée. Quand Adib ne comprend pas, c'est que, vraiment, il faut s'atteler pour y arriver.

Je l'ai parcourue rapidement pendant que j'étais dans le taxi, mais depuis que je suis dans l'avion, je la lis encore et encore. Moi non plus je ne saisis pas. Trop peu de mots qui en cachent tant d'autres. Je ris. Je n'en reviens pas. Faïzah abandonne la vie que nous connaissons? Est-ce que c'est ça? Faïzah est croyante, mais de là à entrer chez les sœurs! «Mon corps appartient à Dieu…» Je pleure. Son corps à Dieu! Je rêve ou quoi? Ma sœur, une religieuse! Mais non, mais non. Ça n'a pas de sens. Ça veut dire que… elle ne veut plus rien savoir des hommes, ça veut dire qu'elle n'aura jamais d'enfants. Je me tourne vers le hublot, je ris et je pleure. Un homme est sur le siège voisin. Il a pris place sans que je m'en aperçoive.

« Je peux faire quelque chose, mademoiselle, ça va ?

— Merci. Ça va. Oui. Merci. »

Je n'arrive pas à m'empêcher de rire et de pleurer en même temps. Une vraie folle. Le pauvre homme est perplexe, voudrait bien aider, mais ne sait pas quoi faire, il doit se dire que le voyage va être long avec une hystérique comme voisine. Ça jaillit de ma gorge, de mes yeux. Un torrent de larmes et de rire, ça sort tout seul, je suis déjà loin, la vie de ma sœur ne me concerne plus, je ne sais pas qui a dit que les Abdelnour ont les nerfs fragiles, c'est vrai, « mon corps appartient à Dieu et à lui seul », ma sœur délirante, je pleure sans pouvoir me retenir. Qu'est-ce que le Grand Soleil a fait de nous ?! Le monsieur me tend son mouchoir fraîchement repassé, je refuse, il insiste. En quelques secondes, il est plein d'eau.

« Vous êtes sûre que ça va ? Je vais vous faire porter un verre d'eau. » Il appelle l'hôtesse de l'air.

Je pleure ma sœur exaltée et aimante en même temps que je me pleure, de toutes mes forces j'essaie de me raisonner, Ikram, arrête, tu es dans un avion, Ikram, tu es seule maintenant, plus de frères ni de sœurs, ni maman ni papa, tu t'en vas comme une grande, Faïzah a décidé de sa vie, c'est SA vie, pas la tienne, arrête de pleurer, Ikram, fais une femme de toi ! C'est ce qu'on disait là-bas. Madame L aussi me l'a dit : «Ikram, ma chérie, bon voyage et sois heureuse.» «Tu ne laisses aucun mort derrière toi, Ikram, tu peux partir.» «Oui, oui, *amté* Faridé, je vais faire une femme de moi, mais ma sœur ma sœur ma sœur, elle est comme morte... Cet homme maudit l'a détruite...»

«Ce n'est rien, monsieur. Tout va bien. C'est le soleil, c'est le grand soleil qui brûle les cerveaux et bouleverse les cœurs. Ma sœur appelait le Liban le Grand Soleil; pour elle, notre beau pays, c'est la plus belle chose qui soit au monde, et voilà ce qui arrive quand on aime trop, ma sœur veut devenir religieuse. Ma sœur va devenir religieuse.»

Je me répands à nouveau. J'ai honte, mais je ne peux rien faire d'autre. Je sanglote.

«Elle va vous manquer, c'est ça ?

— Oui, c'est ça, c'est ça...»

J'ai beau serrer les lèvres et me coller les yeux de mes mains, rien n'y fait, je pleure toujours. L'hôtesse arrive avec le verre d'eau. Je le bois.

Je me souviens que je suis en train de boire, l'eau est fraîche, je me demande si l'eau de Beyrouth me plaît plus que l'eau de mon village, si celle que je bois vient de Mar-Jérios ou de Beyrouth. Mais voyons, Ikram, l'eau c'est l'eau ! Mais non, je dis, chaque eau a sa saveur, sa texture, son goût d'amande ou de pistache, de fer ou de terre, un goût de ciel ou d'enfer, c'est surtout son arrière-goût qui vous laisse vide d'espoir ou qui vous enchante. Quatre ans au Liban m'ont tuée. Si vous aimiez l'eau, vous verriez ce que je veux dire. Ma sœur Faïzah avait le même goût pour le Liban que moi pour l'eau...

Quand je me réveille, je suis affalée sur mon siège, ma blouse est trempée. L'hôtesse essuie mon visage avec une serviette froide. L'homme si gentil n'est plus à côté de moi.

«Reposez-vous, ne vous en faites pas, ça arrive souvent... L'angoisse du départ... », dit l'hôtesse.

Non non non, ce n'est pas l'angoisse du départ, non, je DOIS partir, je VEUX partir... C'est ma sœur, ma grande sœur, je n'arrive pas à y croire, je ne veux pas y croire! C'est un accident de parcours. Notre vie au Liban est un accident de parcours. Ma sœur s'est enflammée et s'est éteinte. Oh, ma sœur! Moi, je serais restée six mois au Liban, pas quatre ans. Jamais. Mais des personnes aimables comme vous et comme le monsieur qui était assis à côté ont retardé mon départ. Je ne sais pas si je dois les remercier ou les maudire, je les aime, je ne les verrai plus... Lisette Enokian Chakib Khoury Youssef Haddad Cécile Gédéon oh ma sœur ma sœur Sana Ayass Gérard Katcharian Pierre Kandalaft Fadwa Gibran Chaher Azzam Fadlalah Gibran Fouad El-Etr Khayrallah Gibran Roger Assaf Gabriel Boustany ma sœur va mourir Antoine Gemayel Paul Guiragossian Georges Chamchoum oh ma sœur Jihanne Farès Mona Acoury ma sœur ma sœur va mourir Nubar Enokian adorable Nubar ma sœur va mourir Nubar…

Je vois dans les yeux de l'hôtesse qui s'agrandissent de seconde en seconde que je suis en train d'énumérer à haute voix : « Nubar Enokian, adorable Nubar, Nubar, vous ne le connaissez pas… » Elle est éberluée, je lis son désarroi, elle est certaine que je suis en crise sévère, une vraie crise qui dépasse tout ce qu'on lui a appris. Elle repart en panique.

Je traverse mer, terre et océan et des siècles vécus par des hommes et des femmes qui ont des noms semblables au mien. Je suis passée à travers les rayons du soleil, saine et sauve. Je ne me cacherai plus et personne ne me dira cache-toi. Un conte des *Mille et une nuits*, quatre ans en quatre heures de vol. J'en sors vivante, amochée mais vivante.

J'ouvre les yeux. Une seconde, je me demande où je suis. Mon dossier est redressé, ma ceinture de sécurité est attachée, j'ai une légère couverture sur le corps, le monsieur est sur le siège d'à côté, tout est clair dans ma tête, je sais que l'Orient est derrière moi. Je me sens reposée. J'entends une voix sortant du haut-parleur :

« Mesdames et messieurs, dans quelques minutes, nous atterrirons à Paris-Orly. Nous espérons que votre vol fut des plus agréable à bord de la Middle East Airlines. Nous vous souhaitons une bonne journée et un beau séjour à Paris. »

Cet ouvrage composé en Bembo corps 12,5 a été achevé d'imprimer au Québec
sur les presses de Marquis Imprimeur en février deux mille dix-huit
pour le compte de VLB éditeur.